KB114041

검선마도

조돈형 新무협 판타지 소설
FANTASTIC ORIENTAL HEROES

검선마도 15

조돈형 新무협 판타지 소설

초판 1쇄 찍은 날 § 2020년 2월 20일
초판 1쇄 펴낸 날 § 2020년 2월 27일

지은이 § 조돈형
펴낸이 § 서경석

총괄팀장 § 노종아
편집책임 § 김대용
편집 § 강서희, 박현성

펴낸곳 § 도서출판 청어람
등록번호 § 제387-1999-000006호
등록일자 § 1999. 5. 31
어람번호 § 제2-2826호

주소 § 경기도 부천시 부일로 483번길 40 서경B/D 3F (우) 14640
전화 § 032-656-4452 팩스 § 032-656-4453
http://www.chungeoram.com
E-mail § chungeorambook@daum.net

ⓒ 조돈형, 2019

ISBN 979-11-04-92127-8 04810
ISBN 979-11-04-91930-5 (세트)

검선마도

조돈형 新무협 판타지 소설

FANTASTIC ORIENTAL HEROES

15

雪山魔刀

검선마도

제107장

변수(變數)

쉭!

느닷없는 파공성에 기겁을 한 검우령이 몸을 홱 틀었다.

손바닥만 한 비도가 볼을 스치고 지나갔다.

반응이 조금만 늦었어도 비도가 볼이 아니라 목에 박혔을 것이라 생각하니 전신에 소름이 돋았다.

쉭! 쉭!

연속적으로 비도가 날아들었다.

미간을 향해 짓쳐 드는 비도는 고개를 틀어 피하고 단전을 노리며 날아든 비도는 검으로 쳐냈다. 동시에 양 허벅지를 향해 날아오던 비도 역시 검으로 쳐내는 데 성공했다. 하지만 약간의 시간 차를 두고 은밀히 접근한 마지막 비도가 옆구리를 훑고 지나갔다. 살이 쩍 갈라지며 피가 쏟아졌다.

검우령이 지그시 입술을 깨물었다.

허리에서 올라오는 고통이 상당했다. 아마도 비도가 장기를 건드린 것 같았다.

급하게 혈을 짚었으나 지혈이 잘 되지 않았다.

검우령이 상처를 돌보는 사이 재빨리 물러난 형웅.

다섯 자루의 비도를 이용하여 나름 성과를 얻었으나 표정이 과히 좋지는 않았다.

형웅의 시선이 아래로 향했다.

왼쪽 허벅지에 깊은 자상이 남겨져 있었다. 쩍 벌어진 상처 사이로 붉은 피가 흘러내렸다.

'방심했다.'

공격이 제대로 들어갔다는 기쁨에 찾아온 찰나 지간의 방심. 그 방심을 놓치지 않고 파고든 검우령의 공격으로 인해 허벅지에 깊은 상처를 입고 말았다.

곳곳에 크고 작은 부상을 당한 검우령과는 달리 처음으로 당한 부상이라고 해도 형웅의 입장에선 치명적이었다.

검우령과의 싸움에서 우위를 잡을 수 있었던 것은 코앞에 숨어 있어도 파악하기 힘든 빼어난 은신술 덕분이었으나 무엇보다 압도적으로 빠른 몸놀림이야말로 공격과 회피, 은신을 가능하게 한 무기였기 때문이다.

허벅지에 당한 부상은 바로 그 기동력이 무력화되었음을 의미했다.

쏟아지는 빗줄기로 인해 상처에서 흘러나오는 혈향이 희석된다는 것이 그나마 다행이라면 다행이었다.

"제법 날카로운 공격이었다."

검우령이 옆구리의 상처를 부여잡으며 소리칠 때 대답이라도 하듯 수백 자루의 비도가 빗방울을 쳐내며 짓쳐 들었다.

헛바람을 내뱉은 검우령이 온 공간을 뒤덮으며 날아오는 비도를 향해 신중히 검을 휘둘렀다.

검의 궤적을 따라 충돌한 비도가 흔적도 없이 사라졌다. 이미 대다수의 비도가 잔상에 불과하다는 것을 눈치채고 있던 검우령은 당황하지 않았다. 더욱 날카로운 눈으로 진짜 비도를 찾기 위해 안력을 집중했다.

하지만 비도에만 정신을 집중하는 바람에 정작 형웅의 움직임을 놓치고 말았다.

비도를 뿌리는 것과 동시에 허공으로 몸을 도약한 형웅이 일반적인 검보다 길이나 검신의 폭이 얇은 검을 앞세운 채 검우령의 정수리를 향해 수직으로 하강했다.

형웅의 공격을 눈치챈 검우령의 안색이 살짝 변했다. 아직 눈앞의 비도를 제대로 막아내지 못한 상황에서 정수리에 내리꽂히는 공격은 참으로 위협적이었다.

검우령이 침착히 물러나며 검을 움직였다.

제왕무적검의 절초 중 하나인 검령회륜(劍靈回輪)이다.

검우령의 검이 맹렬하게 회전을 시작하자 검의 주변에 강력한 회오리가 발생했다.

온 공간을 장악하고 짓쳐 들던 비도가 회오리에 휩쓸리기 시작하더니 흔적도 없이 사라졌다.

점점 더 거세지는 회오리에 수많은 잔상에 몸을 숨긴 다섯 자루의 비도마저 휩쓸렸다.

"타핫!"

힘찬 기합성과 함께 검우령의 검이 급속도로 하강하는 형웅에게 향했다.

검을 따라 형성된 회오리가 형웅을 향해 움직이고 회오리에 휩쓸린 비도가 주인을 물기 위해 빛살처럼 쏘아졌다.

형웅은 피하지 않았다. 오히려 이를 악물고 덮쳐오는 회오리에 몸을 던졌다.

픽! 픽! 픽!

자신이 던진 비도가 되돌아와 몸 곳곳에 박혔지만 형웅은 아랑곳하지 않았다.

지금껏 치고 빠지는 공격만 하던 모습과는 전혀 다른, 몸을 돌보지 않고 달려드는 형웅의 모습에 검우령도 당황하지 않을 수 없었다.

전력을 다해 내력을 운기하며 검을 휘두르자 눈이 부신 검 강이 폭발적으로 쏟아져 나왔다.

검신일체가 된 형웅과 검우령이 뿜어낸 검강이 정면으로 부딪치려는 순간, 형웅의 몸이 갑자기 불어났다.

환영만천(幻影滿天).

살황마존이 남긴 살예 중 하나였다.

대성을 했을 경우 아홉 개의 분영(分影)이 만들어지지만 형 웅이 만들어낸 분영은 정확히 일곱이었다. 놀라운 것은 그 일 곱 개의 분영의 움직임이 모두 다르다는 것이었다.

일곱 개로 분리되어 짓쳐 드는 형웅을 보면서도 검우령은 당황하지 않았다.

'일곱 개의 신형 중 진짜는 하나. 하지만 상관없다.'

허초건 실초건 모조리 박살 내면 그만이라는 생각에 제왕 무적검의 또 다른 절초를 뿜어냈다.

검령회륜의 힘에 검왕멸절(劍王滅絶)의 힘이 중첩되면서 사 방 십여 장의 공간이 오롯이 검우령의 영향력 안에 놓이게 되 었다.

퍽!

검우령이 뿜어낸 힘과 부딪친 형웅의 분영이 힘없이 사라졌다.

하나의 분영이 사라질 때 나머지 여섯 분영의 표정이 고통스럽게 일그러졌다.

검우령의 눈에 이채가 흘렀다.

형응의 분영이 단순히 진상(眞像)과 허상(虛像)으로 나뉜 것이 아니라 모두가 진상. 다시 말해 모조리 실초라는 것을 파악한 것이다.

검우령의 입가에 미소가 지어졌다.

모든 것이 명확해진 이상 패배할 수가 없는 싸움이었다.

온 몸의 내력을 끌어모으자 그토록 매섭게 쏟아져 내리던 빗줄기가 어느 순간부터 근처에 접근도 하지 못했다.

"검왕무(劍王舞)!"

낭랑한 외침과 함께 검우령의 기세가 변했다.

강맹함과 날카로움이 사라지고 한없이 부드러워졌다.

초식과 초식 사이에 단절이 사라지고 하나의 실처럼 끝없이 이어졌다.

검로(劍路)는 단순하고 우직했으나 현기가 깃들어 있었고 느린 듯 느리지 않은 보법과의 조화는 눈이 부실 정도로 완벽했다.

바람에 흩날리는 수풀처럼 유연하게 흔들리는 검우령의 주변으로 하나의 공간이 만들어졌다.

빗줄기는 물론이고 어둠도 뚫지 못하는 그 공간은 오롯이 검우령만의 것이었다.

형응의 분영이 검우령의 공간을 파고들려고 애를 썼지만 소용이 없었다. 뚫는 것은 고사하고 제대로 접근조차 하지 못한 채 힘없이 사라졌다.

마침내 마지막 분영이 사라지고 끝나지 않을 것 같았던 검무도 멈춰졌다.

검을 멈춘 검우령의 입가에 더없이 만족한 미소가 지어졌다.

형응과의 치열한 싸움 덕분인지 십성을 넘지 못했던 제왕무적검의 마지막 초식을 완벽하게 펼쳐낼 수 있었다. 더불어 살황마존의 후예를 잡았다는 생각에 가슴이 한편이 뿌듯해졌다.

웃음은 오래가지 못했다.

"컥!"

검우령의 입에서 신음이 터져 나왔다.

땡그렁.

손에 들렸던 검이 바닥에 떨어지며 요란을 떨었다.

"어, 어… 떻게……. 이, 이… 런 말도 안… 되는……."

검우령의 부릅뜬 눈이 단전을 꿰뚫어 버린 검을 바라보고 있었다.

자신에게 벌어진 일을 도저히 이해하지 못하겠다는 표정이었다.

뭔가를 말하려고 하는 듯 연신 입을 벌렸지만 아무런 말도 흘러나오지 못했다. 어느새 혼혈이 짙인 것이다.

천천히 무너져 내리는 검우령의 뒤, 피투성이가 된 형웅이 비틀거리다 털썩 주저앉았다.

거친 숨을 내쉴 때마다 양어깨와 옆구리, 가슴 어귀에 박힌 비도를 타고 붉다 못해 검게 변색된 피가 흘러내렸다.

승리를 거두었지만 형웅의 표정은 그리 밝지 못했다.

"위험했다."

마지막 순간에 또 하나의 분영을 만들어내지 못했다면, 그리고 너무 빨리 승리를 확신한 검우령의 방심이 아니었다면 쓰러지는 것은 검우령이 아닌 자신이었을 터였다.

"아니지. 일섬폭(一閃爆)이라면 이런 식의 싸움은 없었을 테니까."

형웅은 살황마존이 남긴 궁극의 필살기를 사용하지 않고 싸움을 끝냈다는 것에 자부심을 가졌다.

단 일초식, 상대의 목숨을 빼앗지 못하면 내가 당하고 마는 일섬폭을 사용했다면 보다 빨리 승리를 거둘 수는 있었겠지만 검우령을 사로잡지는 못했을 것이다.

"내가 뭣 때문에 이 고생을 하는지 형님은 아실까 몰라."

긴 숨을 내뱉은 형웅이 천천히 몸을 일으켰다.

옆구리와 가슴 어귀에 박힌 비도를 빼 들자 피가 폭포수처럼 솟구쳤다.

황급히 지혈을 하고 나머지 어깨에 박힌 비도까지 빼내며 천천히 주변을 살폈다.

검우령의 패배를 믿지 못하던 개천회의 무인들이 서서히 그를 향해 접근하고 있었다.

검우령과 대결을 하면서 꽤나 많은 숫자를 줄였다고 생각했음에도 아직도 스무 명 가까운 인원이 남아 있었다.

'할 수 있으려나.'

한숨이 흘러나왔다.

검우령과의 싸움에서 당한 부상이 생각보다 심했다. 특히 숨을 쉴 때마다 피가 배어 나오는 가슴의 부상은 상당히 위험했다. 허벅지의 자상도 큰 부담이었다.

"쳐랏!"

북해빙궁에 파견 나가 있는 연횡을 대신하여 사실상 여명대 부대주 역을 맡고 있는 일 조장 황내가 날카롭게 소리쳤다.

그 외침이 끝나기도 전, 처절한 비명이 때마침 터진 뇌성과 함께 주변을 뒤흔들었다.

흠칫 놀란 황내를 비롯한 여명대원들이 비명을 따라 고개를 돌렸다.

그들의 시선이 머무는 곳, 송보와 염호를 구하고 달려온 청희와 석첨이 진득한 살기를 뿌리며 다가오고 있었다.

"늦었습니다, 루주."

형웅에게 달려온 석첨이 한쪽 무릎을 꿇으며 예를 갖췄다.

형웅은 아무런 대꾸도 하지 않았다. 그저 피식 웃을 뿐이었다.

*   *   *

"놈이 정의맹으로?"

위지허와 술잔을 기울이던 사마용이 황당하다는 얼굴로 물었다.

"예, 아직 확실한 것은 아니나 움직이는 방향을 보았을 때 십중팔구는 정의맹으로 향하는 것 같습니다."

"허! 대담하다고 해야 하나, 아니면 무모하다고 해야 하나. 지금 분위기를 모르지 않을 터인데."

위지허 역시 어이없다는 표정으로 말했다.

"둘 다 아닐 것이네."

사마용이 거칠게 술을 털어 넣으며 말을 이었다.

"자신감이겠지. 그 누구도 함부로 자신을 어쩌지 못한다는 어처구니없는 자신감."

"홋, 어처구니없다고 보기도 뭣하잖나. 그놈을 어쩔 수 없는 것도 사실이니까."

위지허가 빈 잔을 채우며 웃었다.

"그보다는 놈이 제갈세가를 나와서 첫 행선지로 정의맹을 택했다는 것에 신경이 쓰입니다."

사마조가 미간을 찌푸리며 말했다.

"어째서?"

"궁주의 명도 없이 형산파를 공격했다는 것은 아직까지 궁주의 권위나 힘이 확고하지 못하다는 것을 의미합니다."

"그거야 우리가 그리 만들었으니 그런 것이 아니냐?"

위지허가 웃으며 되물었다.

"대외적으로 그리 보인다는 말씀입니다. 놈은 당연히 그런 오해를 불식시켜야 하는 상황이고요. 한데 패천마궁으로 돌아가 수하들을 단속하는 대신 오히려 최악의 여론이 만들어지고 있는 정의맹으로 향했습니다. 상식적으로 납득이 잘 안 됩니다. 독단으로 그리 움직인 것 같지는 않습니다."

"독단일 리가 없지. 놈이 하오문의 일이 끝나자마자 제갈세가를 찾아간 이유가 있을 것이다."

사마용이 가소롭다는 듯 말했다.

"예, 정의맹, 정확히는 정의맹에 상주하고 있는 본 가 수뇌부의 움직임을 살피려는 것 같습니다."

"흠, 일리 있는 말이구나. 애당초 가주를 비롯해서 수뇌들이 모조리 빠져 있는 본 가를 감시해 봐야 얻을 것이 없을 테니. 해서, 어찌 대처할 생각이냐?"

사마용이 물었다.

"싸움을 조금 격화시켜야 할 것 같습니다."

"형산파 말이냐? 하지만 일전에 놈들을 공격한 귀혼문이나 혼천방은 더 이상 써먹기 힘든 것으로 아는데."

"아직 확실하게 동원할 수 있는 곳이 두어 곳 더 남아 있습니다. 그들로 하여금 공격을 하게 할 생각입니다. 하지만 이번 엔 형산파는 아닙니다."

"어디냐?"

"남궁세가입니다."

"남궁세가? 어째서?"

정의맹에 집중하는 상황에서 갑자기 남궁세가가 등장하자 위지허가 이해가 되지 않는다는 얼굴로 물었다.

"지난 밤, 남궁세가 가주가 은밀히 정의맹으로 향하고 있다는 소식이 들어왔습니다. 서문세가의 일을 의논하기 위함 같은데 풍월과 거의 동시에 정의맹에 도착할 것 같습니다."

"호오! 일이 재밌게 돌아가는구나. 다들 제대로 얼굴을 붉히겠어."

사마조의 의중을 확인한 위지허가 무릎을 치며 고개를 끄덕였다.

"특별한 변수가 없는 한, 정의맹은 패천마궁을 성토하는 자리가 될 것입니다."

"변수라……."

자신만만한 사마조와는 달리 가만히 술잔을 드는 사마용의 낯빛은 생각보다 밝지 않았다.

변수라는 말이 이상하게 가슴을 때렸기 때문이다.

*   *   *

"어서 오십시오, 가주. 먼 길 고생하셨습니다."

정의맹주 사마연의 인사에 남궁편 역시 정중히 예를 차렸다.

"다시 뵈어 참으로 반갑습니다. 그간 편안하셨습니까?"

의례적인 인사에 사마연이 쓴웃음을 지으며 고개를 저었다.

"편안할 수가 없지요. 그리 큰 오판을 했으니……."

남궁편의 얼굴도 순간적으로 굳어졌다.

"예, 참으로 큰 실수를 했습니다. 서문세가, 나아가 무림에 큰 죄를 짓고 말았습니다."

"가주를 뵐 면목이 없습니다. 이 모든 것이 제 불찰입니다.

보다 정확히 확인을 했어야 했습니다."

사마연의 자책에 남궁편이 당치도 않다는 듯 고개를 저었다.

"하오문의 전령이……."

생각만으로도 화가 치미는지 잠시 말을 잇지 못하던 남궁편이 애써 마음을 다잡으며 말을 이었다.

"적이 보낸 거짓 정보가 맹주께만 보내진 것이 아니지 않습니까? 본 가에도 왔습니다. 맹주께서 단독으로 판단하신 것이 아닙니다. 게다가 거짓과 진실이 교묘하게 혼재되어 있었습니다. 정의맹에, 정무련에 침투해 있는 간자들의 명단은 확실하지 않았습니까?"

"그랬… 지요. 그랬기에 확실히 믿은 것이지요."

사마연의 입에서 절로 탄식이 흘러나왔다.

"우리를, 전 무림을 속이기 위해 제 놈들이 심어놓은 간자들까지 내주면서 함정을 팠습니다. 놈들의 그런 간계를 눈치채기란 무척이나 힘든 일이었습니다. 거짓 전령을 받지도 않은 제갈세가 또한 서문세가를 개천회로 의심하고 있을 정도로 상황도 미묘했습니다. 물론 그렇다고 해도 목숨으로도 씻기 힘든 우리의 실수가 용납되는 것은 아니겠지만요."

애써 위로의 말을 전했으나 상황이 어떻든 간에 결과적으로 변명에 불과하다는 것을 알기에 말을 하는 남궁편이나 듣는 사마연의 얼굴엔 죄책감이 가득했다.

별말 없이 두 사람은 한참 동안 술잔만 기울였다.

침묵을 깬 사람은 사마연이었다.

"풍 궁주가 오고 있습니다."

남궁편이 잔을 내려놓으며 고개를 끄덕였다.

"오는 길에 들었습니다."

"맹의 상황이 좋지 못합니다. 하필이면……."

사마연이 말을 아꼈지만 남궁편은 이미 그 이유를 알고 있었다.

"형산파 때문에 그렇습니까?"

"예, 패천마궁의 공격에 극도로 분노하고 있습니다."

"형산파엔 별다른 피해가 없는 것으로 알고 있습니다만."

"그렇습니다. 다만 형산파와 친분이 두터운 문파들의 피해가 상당하지요."

"형산파 입장도 조금은 곤란하겠군요. 그들의 피해를 외면할 수 없을 테니까요."

"글쎄요. 정말 곤란해하는지는 잘 모르겠습니다."

사마연의 실소에 현재 정의맹의 상황을 제대로 파악하고 있던 남궁편이 어색한 웃음을 흘렸다.

"그렇군요. 최근 들어 형산파가 세를 넓히고 있다는 말을 듣기는 했습니다."

"그만큼 큰 실수를 했으니 당연한 결과겠지요. 솔직히 본 가나 혁련세가는 입이 열 개라도 할 말이 없으니까요. 다만 내부에서가 아니라 외부의 변수를 끌어들여서 일을 도모하는 것이 조금은 걱정입니다."

"말려야지요. 지금 패천마궁과 정의맹이 다투기 시작하면 무림은 정말 끝장입니다. 오직 개천회만이 반길 일입니다."

정색을 한 남궁편이 목이 타는지 단숨에 술잔을 들이켜고 말을 이었다.

"본 가에서는 이번 일도 개천회가 개입한 것은 아닌가 의심을 하고 있습니다."

"그건 저희도 마찬가지입니다만, 증거가 없고 피해를 당한 형산파에서 이를 받아들이지 않으니 딱히 할 말이 없습니다."

사마연이 답답한 표정으로 한숨을 내쉬었다.

"어떻게든 일이 커지는 것을 막아야 합니다. 풍 궁주가 오는 상황에서 형산파의 목소리를 막지 못하면 최악의 상황이 벌어질 수가 있습니다. 형산파의 억울함을 모르는 것도 아니고 외면해서도 안 되겠지만, 무림을 위해서 지금은 참을 때입니다."

남궁편이 진지하게 목소리를 높이자 사마연 또한 연신 고개를 끄덕이며 맞장구를 쳤다. 온갖 미사여구를 동원하여 남궁세가의 헌신과 노력에 대해 찬탄을 늘어놓기도 하였다.

하나, 내심은 전혀 달랐다.

'남궁세가가 공격을 당한 것을 아직 모르는 모양이군. 쯧쯧, 제법 피해도 발생했거늘. 무림을 위해 참아야 한다? 과연 그 사실을 알고도 참을 수 있을지 궁금하구나.'

사마연은 자꾸만 치미는 웃음을 억지로 지우며 말했다.

"형산파의 폭주를 막기 위해서 본 가나 혁련세가가 나서야 하나 지난 일로 명분을 잃었기에 쉽지가 않은 상황입니다. 심지어 배후라는 소문까지 돌고 있습니다. 가주께서도 듣지 않으셨습니까?"

사마연의 처연한 표정에 남궁편은 차마 고개를 끄덕이지 못했다.

"그건……."

"상황이 이렇다 보니 참으로 어렵습니다. 괜히 나섰다가 자칫하면 내부 다툼으로 비칠 수도 있고요."

사마연이 상심한 표정으로 거푸 술을 들이켰다. 딱히 할 말이 없었던 남궁편은 그저 술잔을 채워줄 뿐이었다.

잠시 후, 가만히 술잔을 내려놓은 사마연이 남궁편의 얼굴을 직시하며 말했다.

"가주께서 나서주시면 어떻겠습니까?"

"제가요?"

"예."

"하지만 본 가의 입장도 딱히 나서기가……."

남궁편이 망설이자 사마연이 그의 손을 잡았다.

"가주께서 말씀을 하시면 형산파도 지금처럼 목소리를 높이지는 못할 것입니다. 암요, 당연하지요. 과거에 한 짓이 있는데 감히 그러지 못할 것입니다."

취한 듯 사마연의 목소리가 절로 커졌다.

슬쩍 손을 빼는 남궁편의 입가에 쓴웃음이 지어졌다. 사마연이 마련의 파상 공세 당시 형산파가 남궁세가의 뒤통수를 치고 정무련에 붙었던 행동을 언급했기 때문이다.

남궁편은 확답을 하지 않고 묵묵히 술잔을 들었다. 사마연도 더 이상 채근하지 않았다.

*　　　　　*　　　　　*

"하하! 나 원."

풍월이 어이가 없는 얼굴로 한참이나 웃었다.

보고를 한 은혼이 민망함을 감추지 못하고 어쩔 줄을 몰라 할 때 웃음을 그친 풍월이 손에 든 서찰을 와락 구기며 말했다.

"개판이네."

"죄, 죄송합니다."

은혼이 자기도 모르게 고개를 숙였다.

"은 형이 사과할 건 아니고요. 통제가 전혀 안 되는 상황이 웃겨서 하는 말이었습니다."

웃기다고는 하나 눈빛은 전혀 그렇지 않았다.

은혼이 안절부절못하고 있을 때 어깨 너머로 서찰을 읽은 구양봉이 구겨진 서찰을 다시 펴며 말했다.

"형산파에 이어 남궁세가라. 이건 의도가 너무 뻔히 보이잖아."

"그러니까."

"개천회겠지?"

"그놈들밖에 없지."

풍월이 생각할 것도 없다는 듯 고개를 끄덕였다.

"패천마궁을 정의맹, 정무련하고 어떻게든 충돌을 시키려는 의도 같다."

"그러게. 시기도 아주 적절해. 형산파가 미쳐 날뛰고 있고, 공교롭게도 남궁세가의 가주까지 와 있는 상황에서 일이 또 터지네. 아주 제대로 일을 꾸몄어."

가소롭게 웃는 풍월과는 달리 구양봉의 표정은 조금 심각해졌다.

"정의맹, 꼭 지금 가야 하냐?"

"뭔 소리야?"

"상황이 좀 그렇잖아. 형산파가 저리 목소리를 높이는 데다가 남궁세가까지 나서면……."

"왜, 패천마궁하고 붙을 것 같아?"

풍월이 피식거리며 물었다.

"어쩌면. 저들이 난리를 치면 네 성격상 참을 것 같지가 않아서 그런다. 참을 수 있겠냐?"

"글쎄."

풍월이 고개를 갸웃거리자 황천룡이 슬쩍 끼어들었다.

"절대 안 참는다, 아니, 못 참는다에 한 표."

인정한다는 듯 어깨를 으쓱거린 풍월이 잠시 시선을 돌렸다. 구름 한 점 없는 하늘을 멍하니 바라보다 입을 열었다.

"확실히 이대로 가면 충돌을 피할 수 없을 것 같기는 해."

"그렇지? 그러니까 지금은 말고 적당한 시기를 보고 결정을 하자."

구양봉이 반색을 하며 풍월의 어깨에 손을 걸쳤다.

"아니, 그건 아니고."

구양봉의 팔을 밀어낸 풍월이 뒤에서 조용히 따라오고 있는 밀은단과 천마대에 시선을 주었다.

"이렇게 우르르 몰려가면 겁을 먹을 것 같다는 말이야."

"뭐, 뭔 소리야?"

뭔가 불안함을 느꼈는지 구양봉의 목소리가 절로 떨렸다.

"그때 얘기했잖아. 내가 지금 정의맹에 가는 건 패천마궁의

28 검선마도

궁주가 아니라 서문세가의 핏줄로 가는 거라고. 맞아, 이대도 가면 개천회 놈들이 원하는 대로 해주는 거지."

"서, 설마⋯⋯."

풍월이 무슨 말을 하는 것인지 이해한 구양봉의 눈이 화등잔만 해졌다.

"설마는 무슨. 딱 답이 나오는 건데. 위지평."

풍월의 부름에 위지평이 바람처럼 나타났다.

"예, 궁주님."

"밀은단과 천마대는 정의맹으로 가지 않는다."

"무슨⋯ 말씀이신지요?"

조심스레 되묻는 위지평의 얼굴엔 당혹감이 가득했다.

"말 그대로야. 정의맹엔 나 혼자 간다."

"안 됩니다. 절대 그럴 수는 없습니다."

위지평이 단호히 고개를 저었다. 어느새 달려온 천마대주 물선도 목소리를 높였다.

"너무 위험합니다. 재고해 주십시오, 궁주님."

구양봉과 황천룡도 그들을 거들고 나섰다.

"그래, 이건 정말 위험한 발상이다."

"이제 하다하다 섶을 짊어지고 불길로 뛰어들 생각을 하냐?"

유연청이 걱정 가득한 얼굴로 풍월의 팔을 잡으며 고개를 저었다.

미소 띤 얼굴로 그녀의 손을 가만히 두드려 준 풍월이 큰 소리로 입을 열었다.

"충돌을 겁내서 그런 건 아니다. 다만 이렇게 우르르 몰려가면 개천회 놈들이 원하는 대로 해주는 것이기에 혼자 간다는 것이다. 그리고 걱정하지 마라. 나는 그대들이 생각하는 것만큼 약하지 않다."

"정의맹이 아니라 개천회 놈들이 노릴 수도 있습니다. 천마대가 부담되신다면 밀은단만이라도 따르게 해주십시오."

위지평이 간절한 표정으로 말했다.

"궁주님의 실력을 의심해서 그런 것이 아닙니다. 다만 혼자 움직이시면 놈들이 오판을 할 수도 있기에 드리는 말씀입니다. 최소한 밀은단만이라도 대동하십시오."

물선이 위지평의 의견에 힘을 실었다. 하지만 풍월은 그럴 생각이 전혀 없었다.

"그것도 상관은 없다. 개천회 놈들이 공격을 해와도 상관없고, 오판을 해도 상관이 없다. 그에 대한 대가를 치러주면 그만이야."

"하오나······."

"그만! 더 이상의 의견은 받지 않겠다. 명령이다."

명령이란 말에 위지평과 물선은 어쩔 줄을 몰라 하면서도 입을 열지는 못했다.

풍월의 시선이 구양봉에게 향했다.

"왜? 나도 남으라고? 어림없는 소리 하지 마라."

구양봉이 선수를 치지 풍월이 소리 내어 웃었다.

"형님이 안 가면 누가 가? 그리고 감히 개방의 방주에게 어떤 놈이 지랄을 해?"

"아직 방주 아니야. 방주 대행이다."

"그게 그거지. 아무튼 형님은 나랑 가고."

구양봉이 황천룡과 미간을 찌푸리고 있는 유연청에게 말했다.

"황 아저씨하고 유 매는 남는 게 좋겠어."

"그래, 알았다."

냉큼 대답하는 황천룡과는 달리 유연청은 쉽게 대답을 하지 못했다.

"정말 만약에 무슨 일이 있다고 해도 난 무사히 빠져나올 자신은 있어. 하지만 책임져야 하는 사람이 생기면……."

유연청이 풍월의 말을 잘랐다.

"알았어요. 남을게요. 대신 무사히 돌아와야 해요."

풍월이 유연청의 손을 잡으며 속삭이듯 말했다.

"걱정하지 마. 하늘 아래 날 어쩔 수 있는 사람은 없으니까."

실로 광오한 말이나 아무도 이를 부정하지 못했다.

구양봉만이 재수 없다는 얼굴로 바라보다 뭔가가 생각났다는 얼굴로 말했다.

"그나저나 막내는 어쩔 거야? 그 녀석도 대기하라고 할 거야? 곧 도착할 것 같던데."

"아니, 당연히 와야지. 아, 혹시 모르니까 형님이 잘 챙겨. 괜히 쓸데없는 일로 시비 일어나게 하지 말고."

"에휴, 괜히 따라온다고 해서. 아무튼 알았다."

구양봉이 귀찮은 얼굴로 고개를 끄덕이자 풍월이 씨익 웃으며 말했다.

"제대로 뒤집어보자고."

제108장

입성(入城)

"이제는 결론을 내릴 때가 되지 않았습니까. 대체 언제까지
참아야 하는 겁니까?"

회의가 시작되자마자 발언권을 얻은, 형산파의 대표로서 정
의맹에 나와 있는 장로 진동이 회의장을 둘러보며 목소리를
높였다.

회의장을 쩌렁쩌렁 울리는 진동의 목소리에 미간을 찌푸린
사마연이 조금은 신경질적으로 물었다.

"하면 어쩌자는 것입니까?"

"당연히 책임을 물어야지요."

진동이 주저 없이 대답했다.

"패천마궁과 전쟁이라도 하자는 말씀입니까? 자칫 제이차 정마대전으로 번질 가능성이 있습니다."

사마연이 어이없는 얼굴로 되물었다.

"하게 되면 하는 것이지요. 언제까지 패천마궁을 두려워해야 한단 말입니까?"

너무도 강경한 진동의 발언에 사마연의 표정이 딱딱하게 굳었다. 동시에 회의장 곳곳에서 이에 대한 동조와 반발의 의견이 봇물 터지듯 터져 나왔다.

"패천마궁을 두려워하는 것이 아니라 그 후에 벌어질 일을 두려워하는 것이오. 무림의 분열을 가장 원하는 자들이 바로 개천회임을 어찌 모르시오."

혁련세가의 호법 주소광이 목소리를 높였다.

서문세가 공격에 혁혁한 공을 세운 덕분에 한동안 그의 입지는 최고였으나 모든 것이 밝혀진 지금 그는 물론이고 혁련세가의 위상은 과거와 전혀 달랐다.

"개천회! 개천회! 음지에 몸을 숨기고 있는 자들 때문에 언제까지 부당한 일을 참아야 하는 것이오? 그리고 패천마궁이 개천회와 다를 게 무엇이오?"

진동이 좌중을 돌아보며 선동하듯 물었다.

"무슨 말을 하려는 것이오?"

주소광이 신경질적으로 소리쳤다.

"패천마궁의 궁주는 진작에 무림공적으로 지목되었소. 하나, 흡성대법을 익혔다는 것 자체만으로도 당연히 제명되어야 함에도 몇몇 공이 있다는 이유로 슬그머니 넘어가고 말았지. 애당초 그것이 문제였소. 패천마궁 놈들이 저리 기고만장해서 날뛰는 이유가 그자의 위세를 믿고 있기 때문아니겠소. 아니, 어쩌면 그것이 그자의 본모습일 수도."

진동의 거친 말에 곳곳에서 불편한 말들이 흘러나왔다.

대다수는 풍월과 연관이 있거나 중도의 입장을 취하는 자들이었지만 생각보다 숫자는 적었다.

주소광은 진동의 주장에 힘이 실리는 것을 느끼며 사마연을 향해 고개를 돌렸다. 곤혹스러운 표정을 짓고 있는 것은 사마연 역시 마찬가지였다.

"가주께서는 어찌 생각하시오?"

주소광이 침묵하고 있는 남궁편에게 물었다.

정의맹에 속하지는 않았으나 서문세가의 일로 이미 한배를 탄 입장이나 마찬가지였기 때문에 남궁편이 회의에 참석하는 데 별다른 이견이 없었다.

"글쎄요."

남궁편은 말을 아꼈다.

지난밤, 사마연과의 대화를 나눌 때와는 사뭇 다른 태도였다.

당연했다.

아침이 밝기 전, 남궁편은 패천마궁의 공격으로 남궁세가가 제법 피해를 당했다는 소식을 전해 들었다. 물론 패천마궁의 주력이 공격을 한 것이 아니라 형산파 때와 마찬가지로 공을 세우고자 하는 마련의 잔당들 짓이었으나 그들의 현 소속이 패천마궁임은 부정할 수 없는 사실이기 때문이었다.

남궁편의 반응이 미지근하자 그가 당연히 반대의 목소리를 높일 것이라 예상했던 주소광은 당황하지 않을 수 없었다. 그와는 대조적으로 남궁세가의 상황을 미리 들어 알고 있던 진동은 회심의 미소를 지으며 더욱 목청을 높였다.

"오늘 아침 남궁세가 또한 본 문처럼 패악하고 무도한 패천마궁 놈들에게 공격을 받았다는 불행한 소식을 들었소. 우선 남궁세가 가주께 심심한 위로의 말씀을 드리오."

"감사합니다."

남궁편이 조금은 당혹스러운 표정을 지으며 고개를 숙여 감사의 뜻을 표했다.

아직 소식을 듣지 못한 대다수의 사람들은 형산파에 이어 남궁세가까지 공격을 당했다는 소식에 크게 동요를 했다.

진동은 주변의 반응을 들으며 회의의 주도권을 자신이, 형산파가 완전히 틀어쥐었음을 확신했다.

'곧 풍월이란 놈이 도착한다. 이제 그놈에게 적당히 사과만 받으면 되겠군.'

제이의 정마대전도 불사하겠다고 주장했으나 애당초 말도 되지 않는 소리였다. 그 역시 개천회에 어부지리를 줄 정도로 멍청하지 않았고 무림을 파국으로 몰고 갈 싸움도 원치 않았다. 진동이 원한 것은 형산파가 정의맹에 내에서 확고한 위치를 차지하는 것. 때마침 정의맹을 방문하는 풍월을 통해 적당히 사과를 받으면 최선이겠으나 설사 충돌을 하더라도 그 규모를 최소한으로만 할 수 있으면 원하는 모든 것을 얻을 수 있을 터였다.

그의 마음을 알기라도 하듯 회의장에 경비대장이 보낸 전령이 들이닥쳤다.

"패, 패천마궁의 궁주가 도착을 했다고 합니다."

전령의 외침에 사마연이 벌떡 일어났다.

"패천마궁의 병력은? 소문대로 혼자던가?"

"예, 패천마궁의 병력은 대동하지 않았습니다. 다만 개방의 후개께서 함께 오셨습니다."

"후개?"

사마연이 뭐라 하기도 전 진동이 잔뜩 찌푸린 얼굴로 되물었다.

"그렇습니다."

"아무리 힘든 세월을 보내고 있다고 하더라도 어찌 마도의 인물과. 쯧쯧, 개방의 꼴도 말이 아니군."

순간, 회의장의 분위기가 묘하게 변했다.

패천마궁과 풍월은 그렇다쳐도 지금껏 무림을 위해 무수한 피를 흘려온 개방에 대한 모욕은 쉽게 받아들이기 힘든 것이었다.

혀를 차던 진동은 주변의 반응이 자신의 생각과는 다르게 싸늘하기만 하자 멋쩍은 표정을 지으며 입을 다물었다.

'한심한. 그저 입만 처닫고 있으면 제 놈들이 원하는 대로 흘러갈 것을.'

사마연은 진동의 막말로 회의장의 분위기가 살짝 바뀐 것을 내심 안타까워하며 말했다.

"지객당주는 어디에 있는가?"

"정문으로 달려간 것으로 압니다."

"그래, 결코 무례를 범해선 안된다. 최대한 정중히 모시도록 하라."

"예."

명을 받은 전령이 총총 걸음으로 물러났다.

"자, 이제 정말 시간이 없습니다. 얘기를 마저 나눠보도록 하지요."

사마연이 슬그머니 불을 붙이자 회의장의 분위기는 다시금 뜨겁게 달아올랐다.

"대체 언제까지 기다려야 하는 겁니까?"

차갑게 묻는 구양봉의 목소리에 분노가 가득했다.

잘생긴 얼굴에 늘 웃는 얼굴을 하고 다니던 구양봉이 화를 내는 모습에 뭐가 그리 재밌는지 한 걸음 뒤에 떨어져 있는 풍월은 오히려 미소를 짓고 있었다.

"조금만, 조금만 더 기다려 주십시오. 안으로 전갈을 했으니 곧 연락이 올 것입니다."

구양봉의 분노에 정의맹 외곽 경비를 책임지고 있는 효제는 연신 식은땀을 흘렸다.

"언제까지? 설사 불청객이라도 이렇게 문밖에 세워놓는 법은 없네. 정의맹에서 개방을 무시하지 않고서야 이런 일은 있을 수 없어."

구양봉이 정의맹에 온다는 소식을 듣고 미리 대기를 하고 있던 구강 분타주 한항이 불같이 화를 냈다.

"무, 무시하다니요! 당치도 않습니다. 노여움을 푸시고 조금만 더 기다려 주시지요."

효제는 땅에 머리가 닿을 정도로 허리를 굽혔다.

풍월이 구양봉의 팔을 잡아끌었다.

"애먼 사람 잡지 말고 기다려 봐. 연락을 했다니 곧 소식이

오겠지. 하하! 형님이 원래 이런 성격이 아닌데 조금 답답해서
그러는 모양입니다. 너무 신경 쓰지 마십시오."

웃음으로 효제를 안심시킨 풍월이 씩씩거리는 구양봉의 옆
구리를 툭 치며 말했다.

"언제까지 그럴 거야? 연극은 이제 그만해."

한걸음 물러난 구양봉이 씨익 웃으며 물었다.

"눈치챘냐?"

"그 얼굴을 못 보여주는 것이 유감이야. 그런 어색한 얼굴
로 누굴 속이려고. 개방의 제자들은 진짜 화가 난 것 같기는
하지만."

풍월이 아직도 씩씩거리는 한항과 개방의 제자들을 힐끗
바라보며 말했다.

"흐흐흐! 그래도 저치는 속아 넘어간 것 같지 않냐?"

구양봉이 발을 동동 구르며 연신 안쪽을 바라보는 효제를
턱끝으로 가리켰다.

"위치가 다르니까. 그러니까 엉뚱한 사람 괴롭히지 말라고.
그렇게 설치지 않아도 내가 먼저 성질낼 일은 없으니까. 뭐,
설칠 일도 없겠네."

풍월이 안쪽에서 다급히 달려오는 중년인을 바라보며 말했
다.

"지객당주 왕국양입니다. 패천마궁의 궁주님과 개방의 후개

님께 큰 무례를 저질렀습니다. 용서해 주십시오."

"아닙니다. 충분히 이해할 수 있습니다. 한데 이제 들어가도 되는 것입니까?"

풍월이 웃으며 묻자 왕국양은 정문에서부터 그를 막아 세워야 한다고 주장했던 자들에게 내심 수만 가지 욕을 날려주며 고개를 숙였다.

"물론입니다. 안으로 드시지요. 제가 모시겠습니다."

왕국양은 비굴하다 싶을 정도로 허리를 굽히며 풍월과 구양봉을 안내했다.

"회의가 열리고 있다고 들었습니다."

"예? 누가 그런 말을……."

말끝을 흐리던 왕국양은 풍월의 눈빛이 날카로워지는 것을 느끼며 얼른 대답을 했다.

"예, 그렇습니다."

"거기로 가죠."

"예?"

왕국양이 눈을 동그랗게 떴다.

"뭐, 친목을 다지자고 온 것도 아니고 서로 할 말이 많은데 굳이 시간 끌 필요는 없을 것 같습니다."

"그, 그렇긴 합니다만 일단 지객전으로 가셔서……."

"아니요. 회의장으로 가야겠습니다."

차갑게 말을 끊은 풍월이 구양봉에게 시선을 주었다.

"분타주."

"예, 방주."

한항이 곁으로 다가와 허리를 숙였다. 정식으로 방주의 자리에 오른 것은 아니고 대행이란 꼬리표가 붙었지만 개방의 제자들은 이미 구양봉을 방주로 대하고 있었다.

"회의장으로 가야겠는데."

"제가 안내하겠습니다."

한항은 말이 끝나기도 전에 이미 걸음을 옮기고 있었다.

왕국양은 한항을 따라 이동하는 풍월과 구양봉을 보며 어쩔 줄을 몰라했다. 막을 방법도 없었고 막을 수도 없었다. 그저 눈을 질끈 감고 뒤를 따르는 것이 전부였다.

"저곳입니다."

풍월이 한항이 가리키는 전각을 향해 천천히 움직였다.

전각의 주변을 지키는 경비들이 그를 막으려 할 때 왕국양이 기겁하며 손을 내저었다.

"무, 물러나라."

한항을 향해 고개를 까딱이며 감사의 인사를 한 풍월이 거침없이 문을 열었다.

치열하게 갑론을박을 하던 회의장의 누구도 문이 열린 걸 의식하지 못했다. 그리고 그 문을 통해 풍월이 들어선 것도 눈치채지 못했다.

"여기도 개판이네."

피식 웃은 풍월이 손뼉을 쳤다.

장난스러운 동작이었으나 여파는 가볍지 않았다.

그를 중심으로 퍼져 나간 기의 파동이 회의장 전체를 휩쓸고 지나갔다.

그토록 시끄러웠던 회의장에 정적이 찾아오는 것은 그야말로 찰나였다.

수십 쌍의 눈이 풍월에게 집중됐다.

풍월은 놀라움과 당황, 반가움, 분노, 심지어 살기까지 온갖 감정이 뒤섞인 눈길을 받으며 느긋하게 걸음을 옮겼다. 수십 쌍의 눈길이 그를 쫓아 움직였다.

가만히 서 있기만 해도 질식할 것 같은 분위기 속에서도 여유로움을 잃지 않은 풍월이 사마연을 향해 가볍게 포권을 했다.

"서문세가의 풍월이라고 합니다."

그제야 정신을 차리고 벌떡 일어난 사마연이 마주 포권했다.

"사마가의 사마연이라하오. 부족하나마 정의맹의 맹주 자리에 있소."

"개방의 구양봉이 정의맹주께 인사드립니다."

구양봉이 슬쩍 끼어들어 인사를 했다.

"아! 개방의 영웅을 이렇게 만나게 되는구려. 반갑소이다."

사마연이 활짝 웃으며 구양봉을 반겼다.

"하하! 영웅이라니요. 아직은 제 앞가림하기도 버거운 애송이입니다. 경험도 없고 모든 것이 부족한데 어쩌다 보니 중책을 맡게 되었습니다. 여러분들께서 잘 이끌어주십시오."

구양봉이 사마연과 회의장에 모인 이들을 둘러보며 정중히 예를 차렸다.

구양봉의 예의 바른 태도에 모두가 흡족한 미소를 지을 때 사마연이 조심스레 입을 열었다.

"한데 어째서 이곳으로… 지객당주에게 궁주를 영접하라 보냈습니다만."

말끝을 흐리던 사마연은 당혹스러운 얼굴로 회의장 안으로 들어서는 왕국양을 보며 이내 상황을 이해했다.

"회의 중이라 들었습니다. 무례인 줄 알지만 사안이 급하여 바로 찾아뵈었습니다."

"아, 아니오. 무례라 할 것이 뭐 있겠소. 그런데 자리가……."

풍월에게 자리를 권하려던 사마연은 딱히 적당한 자리가 보이지 않자 난처한 표정을 지었다.

"괜찮습니다. 어차피 앉아서 담소를 나눌 분위기도 아니고요."

주변을 돌아보는 풍월의 입가에 어느새 차가운 미소가 지어졌다.

"우선 이 자리가 무엇을 논하기 위한 자린지 여쭤도 되겠습니까?"

사마연이 입을 열기도 전, 형산파의 진동이 벌떡 일어나 소리쳤다.

"이곳이 무슨 자린지도 모른단 말이오!"

"모르니까 묻는 겁니다만."

풍월이 귀를 후비며 말했다.

태연스러운 풍월의 대꾸에 진동의 수염이 부들부들 떨렸다.

"근래 들어 패천마궁이 벌인 참담한 짓에 어찌 대응해야 하는지 의견을 나누고 있었소. 한데 본 문을 공격한 것도 모자라 남궁세가까지 공격을 하지 않았소?"

애써 화를 억누른 진동이 은근슬쩍 남궁세가를 끌어들였다.

"아, 그 얘기는 들었습니다. 유감스러운 일이긴 합니다만, 나름 변명을 하자면 형산파나 남궁세가를 공격한 것은 그자들 독단으로 벌인 일입니다. 패천마궁과는 상관이 없다는 말이지요."

"그걸 말이라고 하는 것이오? 하면 그들이 패천마궁에 소속된 자들이 아니라는 거요?"

진동의 힐난에도 풍월은 태연했다.

"오히려 되묻고 싶네요. 굴복하고 기어들어 왔으나 여전히 다른 자들의 명을 받고 있다면 이자들을 패천마궁 소속이라 해야 되는 것입니까, 아니면 아니라고 해야 하는 것입니까?"

순간적으로 대꾸할 말을 찾지 못한 진동이 당황한 낯빛으로 말을 더듬었다.

"궤, 궤변으로 진실을 호도하려 하지 마시오."

"궤변이 아니라 이것이 진실입니다. 패천마궁에선 소속된 모든 문파, 세력들에게 정무련, 정의맹과 일체의 접촉을 피하라 명을 내렸습니다. 그럼에도 이런 일이 벌어졌습니다. 이게 상식적으로 가능하다 보십니까?"

"가능하니 벌어진 것 아니오?"

진동의 반문에 풍월이 피식 웃었다.

"글쎄요. 제 목숨이 날아가는 것을 감안하고 이런 짓을 벌인다는 것을 쉽게 납득한다는 것도 이상하네요. 아무튼 본궁에선 제삼의 힘, 다시 말해 개천회가 개입했다 판단하고 있습니다. 그들의 개입으로 패천마궁이 산산조각 난 전례도 있지요. 그리고 이번에 일을 저지른 자들은 개천회의 개입으로 생겨난 마련의 소속이었습니다."

"그 또한 확인된 것은 아닌 터. 단순히 책임을 피하려는 것인지 어찌 알겠소. 중요한 것은 형산파와 남궁세가 등이 패천마궁으로부터 공격을 받았다는 것이오."

분위기가 묘하게 흘러간다고 여긴 진동이 좌중을 둘러보며 목소리를 높였다.

곳곳에서 동조하는 목소리가 나오자 진동의 굳었던 얼굴이 살짝 펴졌다.

"뭐, 그렇게 믿고 싶으시다면 마음대로 하십시오. 그래서, 어쩌겠다는 겁니까?"

풍월이 팔짱을 끼며 다소 오만한 표정으로 진동을 응시했다. 별다른 기세를 뿜어내지 않았음에도 그의 전신에서 자연스레 흘러나온 기도에 진동은 물론이고 회의장에 모인 이들 모두가 숨이 막힐 듯한 압박감을 느꼈다.

"당연히 대가를……."

"흠, 대가라. 이번에 물의를 일으킨 자들의 처벌을 원한다면 이미 시작하고 있을 겁니다. 본 궁의 수뇌들은 명령을 어기고 함부로 분란을 일으킨 자들을 두고 볼 만큼 너그럽지 않으니까요."

"홍! 꼬리를 자르려는 것이오?"

진동의 비웃음에 풍월의 표정이 살짝 변했다.

"나름 합리적인 해결책을 제시했는데 단순히 꼬리를 자른다는 말은 꽤나 모욕적으로 들립니다만."

"그게 아니란 거요? 누가 봐도 꼬리를 자르려는 행태로 보이오만. 애당초 개천회가 개입했다는 말도 사실인지 의심스럽고."

"흠, 여차하면 본 궁과 전면전이라도 치르겠다는 말 같군요."

"모, 못 할 것도 없소."

"그럼 마음대로 하시지요."

깜짝 놀란 진동이 눈을 동그랗게 뜨자 풍월이 조용히, 그러나 그 어느 때보다 묵직한 힘을 실어 말했다.

"본 궁이 비록 과거의 위세를 회복하지 못했다고는 해도 억지를 부리며 트집을 잡는 상대에게 머리를 숙일 정도로 약하지는 않습니다. 아, 참고로 하나만 더 물어보지요. 형산파와의 의견입니까? 아니면 정의맹의 의견입니까?"

풍월의 시선은 진동이 아니라 사마연에게 향해 있었다.

모두의 시선이 자신에게 쏟아지자 사마연이 곤혹스럽단 표정을 지었다.

사마연이 쉽게 입을 열지 못하자 주소광이 그의 눈치를 보며 말했다.

"지금껏 논의를 했으나 아직 결정을 내리지는 못했소."

"정의맹의 정식 의견은 아니라는 말로 이해를 해도 되겠습니까?"

풍월의 물음에 주소광이 고개를 끄덕이려는 찰나, 진동의 분노에 찬 외침이 터져 나왔다.

"무슨 소리! 이미 결정은 났소. 이제 와서 말을 바꾸려는 것이오?"

풍월이 도착하기 전, 치열했던 논쟁은 거의 끝이 났고 형산파의 주장에 따라 패천마궁에 책임을 물어야 한다는 의견이 대세를 이루었다. 사실 어느 정도는 팽팽했던 의견이 형산파 쪽으로 쏠리게 된 것은 남궁세가가 공격을 당했다는 소식 때문이었다.

"사실인가요?"

풍월이 물었다. 그의 시선은 이전부터 사마연에게 고정된 상태였다.

한참을 침묵하던 사마연이 천천히 고개를 끄덕였다.

"유감스럽지만 그렇소."

"맹주!"

"쉽게 결론을 내려서는 아니 되오!"

곳곳에서 반발이 터져 나왔지만 생각보다는 미약했다.

"그렇군요. 그리 알도록 하겠습니다."

사안의 심각성과는 달리 대수롭지 않게 고개를 끄덕이던 풍월의 시선이 남궁편에게 향했다.

"아, 남궁세가의 가주께서도 이곳에 계셨군요. 오래전에 한

번 뵈었습니다만."

"그랬지요. 오랜만입니다."

남궁편이 고개를 숙였다.

"남궁세가, 정무련의 의견도 같은 것입니까?"

"……"

남궁편은 선뜻 대답하지 못했다. 마음 같아선 그렇다고 대답하고 싶지만 이상하게도 걸리는 것이 많았다.

패천마궁, 아니, 정확히는 풍월이란 인물을 적으로 돌리는 것도 내키지 않았고 패천마궁과의 충돌 시 어부지리를 챙길 것이 뻔한 개천회의 존재 또한 목에 걸린 가시처럼 불편했다. 패천마궁의 공격에 개천회가 개입했다는 주장을 들은 이후 더욱더 그랬다.

남궁편이 침묵하자 의기양양하던 진동의 표정이 확 변했다.

"가주! 이제 와서 말을 바꾸려는 것이오?"

진동의 외침에 동조하는 말들이 터져 나왔다.

"머뭇거릴 이유가 없습니다. 결단을 내리셔야 합니다."

"설마 정의맹과 다른 길을 가겠다는 말씀이십니까?"

"무림공적이 이끄는 패천마궁은 개천회보다 위험한 존재입니다."

무림공적이란 말에 지금껏 무심한 표정을 짓고 있던 풍월의 입에서 실소가 터져 나왔다.

그 웃음에서 섬뜩한 살기를 느낀 남궁편은 자신이 큰 실수를 하고 있음을 깨달았다. 그리고 그것을 바로잡을 기회는 지금뿐이라는 것도.

한데 남궁편의 기색을 눈치챈 사마연이 선수를 치고 나왔다.

"정의맹과 남궁세가, 정무련은 이미 뜻을 함께하기로 했소."

그런 사마연을 묘한 표정으로 응시하던 풍월이 남궁편에게 물었다.

"사실입니까?"

한참을 머뭇거리던 남궁편은 망연자실한 얼굴로 사마연을 바라보다 결국 고개를 끄덕일 수밖에 없었다. 불길한 느낌이야 어찌 되었든 이 많은 사람들 앞에서 정의맹주의 체면을 손상시킬 수는 없었기 때문이다.

"여러분의 뜻은 잘 알겠습니다. 개천회의 음모가 뻔히 보임에도 이런 선택을 했다는 것이 참으로 유감스럽지만 할 수 없지요. 다만 나름의 각오는 하시는 것이 좋을 겁니다. 쉽게 당할 생각은 없으니까요."

"지금 우리를 협박하는 것이오?"

정의맹과 정무련의 의견을 등에 업은 진동이 기고만장한 표정으로 물었다.

"협박이 아니라 그냥 그렇다는 겁니다."

"흥! 아무튼 우리의 의견은 패천마궁에 책임을 묻는 것으로 정해졌소. 이제 패천마궁에서 답을 해야 할 차례요."

"답은 이미 했습니다. 분란을 저지른 자들을 단죄한다고."

"꼬리 자르는 행위에 불과하다 했소."

진동이 비웃음을 흘리며 말했다.

"흠, 꼬리가 아니라 패천마궁의 몸통, 머리를 원하신다? 결국 내 목을 내놓으라는 말로 들립니다만."

풍월의 극단적인 말에 곳곳에서 동요가 일었으나 정작 진동은 콧방귀로 대응했다.

"원한다면 가져가 보시든가."

풍월이 양팔을 활짝 펴며 말했다.

"뭐라?"

"그렇게 원한다면 가져가 보시라고."

입꼬리를 한껏 말아 올린 풍월이 진동을 향해 걸음을 내디뎠다.

쿠쿠쿠쿵!

거대한 울림과 함께 향해 풍월의 전신에서 무시무시한 기세가 뿜어져 나왔다.

어느덧 구성에 이른 천마군림보다.

말로 표현하기가 불가능할 정도로 살벌하고 압도적인 힘이 회의장을 강타했다.

지진이라도 난 듯 전각 전체가 흔들렸다.

벽면이 쩍쩍 갈라지고 천장에서 파편이 떨어졌다.

특히 풍월이 쏘아 보낸 기세를 온몸으로 감당하게 된 진동은 숨도 제대로 쉬지 못했다. 낯빛은 하얗게 질렸고 전신을 덜덜 떨었다.

"무, 무슨 짓인가!"

"멈춰라!"

진동의 위기를 본 몇몇 사람들이 풍월을 향해 달려들었다.

풍월이 귀찮다는 듯 손을 내젓자 진동을 구하기 위해 달려들던 자들이 외마디 비명을 지르며 나가떨어졌다. 특히 검을 앞세워 가장 먼저 달려들었던 자는 벽을 뚫고 사라졌다.

명색이 한 문파를 대표하는 자들이 풍월의 간단한 동작을 감당하지 못하자 회의장의 분위기가 급격하게 얼어붙었다.

상황의 심각성을 깨달은 이들이 풍월을 향해 일제히 적의를 드러낼 때, 지금껏 침묵을 지키고 있던 구양봉이 풍월의 팔을 잡으며 말했다.

"그만해."

순간, 회의장에 몰아치던 폭풍이 순식간에 사라졌다.

"딱히 뭘 할 생각은 없어. 그냥 의사 타진이야."

풍월의 말에 한숨을 내쉰 구양봉이 주변을 훑었다.

겨우 숨이 터진 진동이 연신 켁켁거리며 가쁜 숨을 몰아쉬고 있었고, 풍월의 기세에 압도당했던 이들 모두가 식은땀을 흘리며 그들을 바라보고 있었다.

"이게 의사 타진이냐? 어째 분위기가 그때하고 비슷하다."

구양봉이 개천회의 간자들로 인해 소림사에서 강북무림의 고수들과 충돌했던 일을 언급하자 풍월이 어깨를 으쓱거렸다.

"그때하고는 좀 다르지. 상황도, 내 실력도. 의사 타진이 아니었으면 이미 절반은 죽었어."

광오하기 짝이 없는 발언에 모두가 몸을 떨었다.

어찌 보면 치욕스러운 발언.

하나, 딱히 반박을 할 수가 없었다. 조금 전, 풍월이 보여준 기세는 그만큼 압도적이었다.

"잘났다. 아무튼 잠깐 나가봐야 할 것 같으니까 사고 치지 말고 적당히 좀 하자."

풍월의 눈빛을 반짝거리며 전음을 보냈다.

[왔어?]

[곧 도착한다는 것 같다.]

"알았어. 다녀와."

구양봉이 회의장을 나서자 풍월이 그때까지 호흡을 회복하지 못하고 있는 진동을 향해 몸을 돌렸다.

"당장 싸울 생각이 없으면 형님, 아니, 개방의 방주 대행의 중재를 받아들이고 싶은데 어찌 생각하십니까?"

진동은 입을 열지도 못하고 그저 고개를 끄덕일 뿐이었다.

"다른 분들은 어찌 생각하시는지요?"

풍월이 주변을 둘러보며 물었지만 아무도 입을 열지 않았다.

"그럼 다들 동의하시는 것으로 알고 다른 얘기를 해보도록 하지요."

잠시 심호흡을 한 풍월이 모두를 향해 천천히 입을 열었다.

"이곳으로 오면서 남궁세가의 일을 들었습니다. 그렇잖아도 분란이 있으니 어느 정도 문제가 있을 줄은 알았습니다만, 그래도 우선순위가 틀리지 않았습니까?"

"무슨 뜻이오?"

사마연이 물었다.

"무림을 위해 애쓰던 한 가문이 멸문에 가까운 피해를 당했습니다. 그것도 어제까지만 해도 등을 내주고 적과 함께 싸울 정도로 믿고 의지했던 동료들에게요. 동료라 믿었던 자들은 그들의 어떤 설명도 듣지 않았습니다. 그저 거짓된 정보만 철석같이 믿고 철저하게 궤멸을 시켰지요. 잘못된 정보였고 개천회, 혹은 제삼의 세력에게 농락을 당한 일이었습니다. 결과적으로 수백 명의 목숨이 사라졌습니다. 난 당연히 그 일에 대한 논의가 우선이라고 생각했습니다만."

"다, 당연히 그 일도 논의를 할 것이오. 이미 수차례 논의도

했소."

사마연이 변명하듯 말했다.

"그래요? 그럼 지금부터 다시 해보죠. 애당초 전 이 자리에 패천마궁의 궁주로서가 아니라 서문세가의 핏줄로서 온 것입니다. 그렇지 않다면 이렇듯 홀로 올 이유가 없지요. 어찌 보면 적진이라고도 할 수 있는데."

풍월이 가볍게 미소 지었지만 누구 하나 반응하지 않았다.

"아무튼, 그것을 인정하고 싶지 않은 분들 때문에, 서문세가의 일 따위는 아무것도 아니라고 치부하고 싶은 자들 때문에 상황이 조금 엇나가고 말았지만, 이제라도 제대로 얘기를 해보도록 하죠."

진동에게 잠시 시선을 준 풍월이 사마연의 얼굴을 직시하며 물었다.

"정의맹에선 이번 일을 어찌 책임지실 생각입니까?"

제109장

선물

"저곳이 바로 암향가입니다."

독비단주 당위안의 보고에 당령이 한쪽 눈을 가린 머리카락을 쓸어 올렸다.

"얼마나 있지?"

"백오십 남짓으로 확인되었습니다."

"백오십? 생각보다 많네."

"패천마궁과 마련과의 싸움에도 참여를 거의 하지 않았고, 풍월이 마련을 휩쓸고 다닐 때 일찌감치 머리를 숙여 피해가 거의 없었던 것으로 압니다."

"이리저리 간을 보다가 납작 엎드린 쥐새끼였네. 시간 끌 것 없이 바로 공격해."

"예, 가주."

고개를 숙여 명을 받은 당위안이 뒤를 보며 손짓을 하자 온몸을 녹의로 감싼 사내들이 조용히 모습을 드러냈다.

"가자."

수하들에게 명을 내린 당위안의 등 뒤로 당령의 고혹적인 음성이 들려왔다.

"포로는 필요 없다."

멈칫하던 몸이 다시 움직일 때 당령이 좌측으로 고개를 돌렸다.

"호법들이 좀 도와줘야겠는데."

"끌끌끌! 맡겨만 주시지요."

외눈박이 노인이 누런 이를 드러내며 괴소를 터뜨렸다.

노인의 이름은 당호규, 당가에서의 배분은 당령의 조부인 당추와 같았다. 젊어서는 천재적인 두뇌와 무공 실력으로 주목을 받았으나 방계인 데다가 잔혹한 심성, 손속으로 당가 자체에서도 배척을 받았다. 결국 사고를 위장한 살인을 저지르고 멸옥(滅獄)에 유폐되었다가 당령의 전격적인 사면으로 풀려난 인물이었다.

사면을 받은 사람은 당호규뿐만이 아니었다.

당호규를 포함하여 정확히 일곱 명의 죄수들이 풀려났는데, 당령은 단순히 사면으로 그친 것이 아니라 그들을 호법으로 임명하는 파격적인 인사를 단행했다.

놀랍게도 세가 내에서의 반발은 거의 없었다.

장로 중 목숨을 부지하고 있는 사람은 당룡과 소림사에 가 있는 당인뿐인 데다가 그자들의 악행을 기억하는 자들 대부분은 이미 당가를 덮친 참화에 목숨을 잃은 상태였다. 게다가 과거의 악행이야 어찌 되었든 그들의 힘을 빌려야 할 만큼 당가의 상황이 좋지 않았기 때문이다.

"호호호! 오랜만에 피 맛 좀 보겠네."

당과과가 손가락보다 긴 손톱을 앞세우며 나섰다. 나이는 당호규와 비슷했으나 외모는 사십대의 중년 미부를 연상케 할 정도로 젊음을 유지하고 있었다.

"자잘한 놈들은 놔두고 우두머리만 제거해."

"명심하죠."

당과과가 커다란 엉덩이를 흔들며 걸음을 옮기자 당호규와 나머지 호법이 뒤질세라 뒤를 따랐다.

"난 아직도 불안하오, 가주."

일곱 명의 호법들이 암향가로 사라진 것을 지켜보던 장로 당중이 걱정스러운 얼굴로 입을 열었다.

당령이 녹룡옥배를 차지할 때만 해도 반감이 많은 그였다.

하지만 이후 당령이 독중지성의 경지에 오른 것을 확인하고, 몰락한 당가를 되살리기 위해 최선(?)을 다하는 모습에 지금은 절대적인 지지를 보여주고 있었다. 당령은 그런 당중의 지지에 대한 보답으로 그에게 장로의 지위를 선사했다.

"뭐가 불안하신가요?"

당령이 일곱 명의 호법들에게 시선을 고정시킨 채 물었다.

"저자들 말이오. 비록 본 가의 피가 흐르고는 있다고 해도 도저히 식솔로 품기엔 버거운 인물들이오. 지금 당장은 쓸모가 있을지 모르나 시간이 갈수록 가주의 행보에 부담으로 다가올 것이오."

당중의 우려 섞인 말에 당령이 차갑게 미소 지었다.

"품을 생각은 없어요. 적당히 쓰고 버릴 말이지."

"그렇다면야."

그제야 안색이 밝아진 당중이 다시 물었다.

"한데 그것들은 언제 사용할 생각이시오? 검증은 했으나 실전을 겪어봐야 그 위력을 정확히 파악할 수 있을 것 같은데."

"검증을 했으니 됐어요. 일단은 아껴두려고요. 상대가 상대이니만큼 비장의 한 수는 준비를 해둬야지요."

"알겠소. 한데 정말 정의맹과 정무련이 패천마궁을 공격하는 것이오? 정의맹주가 요청을 했다고는 해도 괜히 우리만 나서는 것은 아닌지 걱정이오."

"걱정하지 말아요. 형산파도 공격을 당했고, 남궁세가도 공격을 당했어요. 저들이 가만히 있을 리가 없지요. 게다가 본가도 공격을 당했으니 명분은 충분해요."

당령의 말을 들으며 고개를 끄덕이던 당중이 눈을 동그랗게 떴다.

"보, 본 가가 언제 공격을……."

"저들이 공격했잖아요. 그래서 이렇게 반격을 하는 것이고."

당령이 암향가를 가리키며 웃자 당중은 당령의 의도를 알아차렸다.

"허허! 그렇다면 확실히 마무리를 해야겠구려. 쓸데없는 말이 돌지 않게."

"아, 그리고 무당을 위시한 서북무림에도 지원 요청을 하세요. 환사도문이 물러간 상황이니 우리의 요청을 무시하진 못하겠지요."

"당연하오. 그들을 위해 본 가가 얼마나 많은 피를 흘렸는데!"

목소리를 높이던 당중이 뭔가를 떠올렸는지 멈칫하며 말끝을 흐렸다.

"하지만 화산이 어찌 나올지는……."

"알아서 판단하겠지요. 기왕이면 놈의 뒤통수를 쳤으면 좋겠지만 그게 아니라도 상관은 없어요. 어차피 화산과는 같이 갈 생각이 없으니까."

담담히 웃으며 여유를 부리는 당령, 그녀의 입가에 걸린 미소는 섬뜩하기만 했다.

*　　　　*　　　　*

"왜 대답이 없으십니까? 어찌 책임지실 건지 물었습니다."

"그것이……."

풍월의 거듭된 채근에도 사마연은 쉽게 입을 열지 못했다. 그러자 풍월이 이번엔 좌중을 둘러보며 물었다.

"여러분이 대답을 해주시지요. 본의든, 본의가 아니든 대부분이 한 손을 거든 것으로 알고 있습니다. 그에 대한 책임을 지셔야 하지 않겠습니까?"

누구 하나 입을 열지 못했다.

한두 사람도 아니고 수백 명의 목숨이 사라진 일이었다. 애당초 책임질 방법이 있을 리가 없었다.

모두가 침묵하자 풍월이 그럴 줄 알았다는 듯 차갑게 웃으며 말했다.

"이런 말이 있지요. 목숨 빚은 목숨으로 갚아야 한다고."

순간, 회의장에 앉아 있던 모든 이들의 몸이 파르르 떨렸다. 그야말로 폭탄선언이다.

"지, 지금 진심으로 하는 말이오?"

사마연이 놀라 물었다.

"진심이 아니면요? 목숨 가지고 장난칠 생각은 없습니다. 주축이 된 문파가 있기는 하겠지만 딱히 그들에게 가중을 둘 생각은 없습니다. 공정하게 나누면 되겠네요. 대충 한 문파에서 열댓 명씩."

모두가 기겁한 얼굴로 풍월을 살폈다. 그의 말이 농인지 진담인지 파악을 하려 했으나 풍월의 표정은 진지하기만 했다.

"형산파에서도 꽤나 활약을 했다고 들었습니다만."

풍월이 진동 앞으로 걸어가며 말했다.

"더도 말고 열 명의 목숨만 내놓으시죠. 아, 꼬리는 말고 기왕이면 머리로요. 어때요? 이만하면 나도 꽤나 양보를 한 것 같은데."

"그, 그런 말도 안 되는……."

진동이 하얗게 질린 얼굴로 말을 더듬자 풍월의 얼굴에 한기가 깔렸다.

"아니면 모조리 죽여줄까요? 애당초 머릿수로 나눈다는 것 자체가 말이 안 되잖아요. 제대로 복수를 하려면 최소한 서문세가가 당한 만큼은 돌려줘야 하니까."

"으으으."

풍월의 기세에 압도당한 진동은 감히 입을 열지 못하고 거친 숨만 내뱉었다. 형산파의 제자들이 모조리 도륙을 당하는 모습이 환상처럼 떠오르며 그를 절망의 구렁텅이로 밀어 넣었다.

"어때요? 아직도 패천마궁을 공격하고 싶은 마음이 생깁니까?"

진동이 자신도 모르게 고개를 저었다.

어찌나 필사적으로 흔드는지 고개가 부러질까 걱정이 될 정도였다.

"쯧쯧, 그러니까. 이럴 때 쓰라고 역지사지(易地思之)라는 말이 생긴 겁니다. 자신들이 저지른 일은 생각도 못 하고 엉뚱하게 일을 키우려고만 하니까 이런 꼴을 겪지요."

혀를 찬 풍월이 진동에게 향했던 기세를 거두고 몸을 돌렸다.

진동의 몸이 축 늘어졌다. 어느 샌가 축축이 젖어버린 하의에서 오물 냄새가 코를 찔렀지만 누구 하나 신경 쓰는 사람이 없었다.

"형산파는 패천마궁에 대한 공격을 포기한다고……."

갑자기 말을 끊은 풍월이 숨도 제대로 쉬지 못하고 자신을 응시하는 각 문파의 대표들을 차분히 바라보며 싱긋 웃었다.

"서문세가의 핏줄로 왔다고 했으면서 쓸데없는 얘기를 했군요. 방금 전의 말은 없던 것으로 하지요."

풍월이 거의 혼절하다시피 한 진동을 향해 말한 후, 선언하듯 말했다.

"또한 목숨 빚을 목숨으로 받겠다는 말도 취소를 하겠습니다. 일을 꾸민 자들이 나쁜 놈들이지 멍청하게 속아 넘어간 사람들이 나쁜 건 아니니까요. 물론 이대로 넘어갈 생각은 없습니다."

풍월이 회의장에 있는 모든 자들과 그들이 속한 문파와 세력을 멍청한 자들로 만들었음에도 누구 하나 반발하지 못했다. 그들의 입장에선 목숨으로 책임을 지우지 않겠다는 것만으로도 반가운 것이었다.

"하지만 계략을 꾸민 자들을 용서하고 싶은 생각은 눈곱만큼도 없습니다. 제대로 핏값을 치르게 해줄 생각입니다. 그건 어찌 생각하십니까?"

풍월이 사마연에게 물었다.

무슨 생각을 하고 있었던 것인지 살짝 고개를 숙이고 있던 사마연은 풍월이 재차 질문을 하자 화들짝 놀라며 고개를 들었다.

"다, 당연하오. 정의맹의 맹주로서 적의 계략에 넘어간 것이 그저 부끄러울 뿐이오. 이 자리를 빌려 정식으로 사과를 드리겠소."

사마연이 자리에서 일어나 정중히 허리를 굽혔다.

"그 사과는 저보단 휘 형님께 하는 것이 좋겠습니다. 누군지는 아시죠? 이번 참화에서 간신히 목숨을 구한 서문세가의 후계자입니다. 아, 남궁세가의 가주께서 누구보다 잘 아시겠네요."

마지막까지 서문휘의 뒤를 쫓은 자들이 남궁세가의 무인들이었음을 떠올리며 말했다.

"참으로 부끄러운 일. 유감으로 생각하고 있소이다. 더불어 손속에 인정을 두신 것에 진심으로 감사드리오."

남궁편이 낯빛을 붉히며 고개를 숙였다.

당시 서문휘를 쫓던 남궁결은 남궁기, 남궁혜와 더불어 남궁세가의 미래를 책임질 인재다. 남궁결의 부상 소식을 듣고 얼마나 안도를 했는지 모른다. 만약 풍월이 손속에 인정을 두지 않았다면 제대로 피워보지도 못하고 꺾였을 터였다.

"비록 실수가 있었다고는 해도 남궁세가는 그 정도의 존중을 받을 만한 자격이 되지요."

남궁편에게 가볍게 고개를 숙인 풍월이 몸을 빙글 돌리며 말을 이어갔다.

"소문에는 이번 일이 정의맹에서 서문세가의 힘을 두려워한 자들이 꾸민 일이라고 하더군요. 그 배후로 사마세가와 혁련세가를 유력하게 보고 있었습니다."

"저, 절대 아니오!"

"본 가는 아니외다!"

사마연과 주소광이 동시에 외쳤다.

"황산진가와 형산파의 이름도 거론되었습니다."

"오해요. 본 가는 그럴 만한 여력이 없소이다."

황산진가의 대표가 다급히 목소리를 높였지만 형산파에선 별다른 말이 흘러나오지 않았다. 형산파를 대표하는 진동을 돌보느라 정신이 없었기 때문이다.

"하하하! 압니다, 알지요. 그런 헛된 소문에 휘둘릴 정도로 전 멍청하지는 않습니다."

가볍게 웃음을 터뜨린 풍월이 순간적으로 정색을 하며 말했다.

"이럴 만한 일을 꾸밀 수 있는 곳은 오직 개천회뿐입니다. 저와 의견을 나눈 하오문과 제갈세가도 같은 생각이었습니다."

"하오문주에 의해 모든 것이 음모로 밝혀지면서 부끄럽지만 본 가 역시 개천회를 이번 사건의 배후로 판단하고 있소. 한데 당시 모습을 드러낸 개천회 고수들의 존재는 어찌 설명을 해야 하는 것이오? 그자들에 의해 제갈세가는 와룡대를 잃었고, 본 가를 비롯해서 많은 이들이 목숨을 잃었소."

남궁편이 남궁세가의 실수에 대해 거듭 사과하며 물었다.

"서문세가가 개천회라 완전하게 믿도록 하기 위해서 그 정도 연출은 필요하지요. 가만히 생각해 보십시오. 당시 모습을 드러낸 자들 중에 몇 명이나 목숨을 잃었는지. 희생자 대부분은 서문세가와 서문세가를 공격한 정의맹과 정무련의 무인들이었습니다. 뒤늦게 나타나서 군웅들에게 막대한 피해를 남긴 개천회 놈들은 극소수만이 목숨을 잃었습니다."

"맞소. 분명 그렇소."

남궁편이 굳은 얼굴로 고개를 끄덕였다.

"제갈세가에선 놈들이 이런 일을 꾸민 이유를 서문세가를 이용하여 자신들에게 쏠린 무림의 이목을 사라지게 한 후, 다시금 지하로 숨어들기 위함일 것이라 했습니다. 이를 완벽하게 성사시키기 위해 하오문주의 제거는 필수였지요. 개천회는 제가 도착하기 바로 직전까지 천뇌곡에 숨어 있는 하오문주를 제거하기 위해 필사적이었습니다. 다만 천뇌곡에 펼쳐져 있는 지랄 같은 진법을 파훼하지 못해 결국 실패로 끝났지만 말이지요."

풍월이 사마연을 향해 고개를 홱 돌렸다.

"아참, 그곳에서 아드님을 만나 뵈었습니다. 혹시 들으셨습니까?"

"드, 들었소."

"제가 천뇌마존께서 남기신 천뇌비록도 드렸습니다만."

"그 얘기도 들었소이다. 본 가의 입장에서 그만한 보물이 없습니다. 궁주의 배려 덕분에 그런 보물을 얻게 되어 얼마나 고마웠는지 모르오."

사마연이 감격에 찬 얼굴로 고마움을 전했다.

"하하하! 그러셨습니까? 한데 벌써 놀라시면 곤란합니다. 제가 맹주님을 위해 또 하나의 선물을 준비했습니다."

"예? 그게 무슨……"

사마연의 얼굴에 의아함이 깃들 때 회의장의 문이 천천히 열렸다.

풍월이 문을 향해 천천히 돌아서자 사마연은 물론이고 회의장에 모인 모든 이들의 시선이 문으로 향했다.

가장 먼저 문으로 들어선 사람은 구양봉이었다. 뒤를 이어 형웅이 회의장 안으로 들어섰는데 그의 어깨에는 커다란 자루가 올려져 있었다. 자루에 들어 있는 것이 사람이라는 것은 누가 봐도 알 수 있었다.

"고생했다. 쯧쯧, 제법 심하게 당했구나."

형웅에게 달려간 풍월이 곳곳에 드러난 부상의 흔적을 보며 안쓰러워하다가 어깨에 짊어진 자루를 향해 시선을 주었다.

"그 인간이냐?"

"예."

형웅이 고개를 끄덕이자 풍월이 구양봉을 향해 고개를 홱 돌렸다.

"뭐 한 거야? 몸도 성치 않은 녀석한테 들고 오게 하고."

"지가 싫다는 걸 어쩌냐? 끝까지 마무리를 하겠다더라."

구양봉이 억울하단 표정으로 말했다.

"됐어. 싫다고 하면 억지로라도 받았어야지. 큰형이란 사람이 인정머리가 없어. 너도 이제 그만 내려놔."

풍월의 말에 형웅이 어깨에 걸치고 있던 자루를 아무렇게나 팽개쳤다.

"야, 아무리 그래도……."

깜짝 놀란 구양봉이 자루를 살필 때 형웅이 한마디를 툭 던졌다.

"안 죽어요."

"뒈져도 할 수 없고. 비켜봐."

맞장구를 친 풍월이 구양봉에게서 자루를 낚아챈 뒤 회의장 중앙으로 질질 끌며 이동했다.

"맹주님께 드릴 선물이 도착했습니다."

"그, 그게 무엇이오?"

억지로 미소를 짓고는 있으나 사마연의 음성은 심각하게 떨리고 있었다.

"저를 따라 정의맹으로 오던 아우가 우연찮게 개천회의 인물과 마주친 모양입니다. 평소라면야 그냥 숨통을 끊어버렸을 텐데 빈손으로 오기 뭣하다고 포로로 잡아왔답니다. 맹주님께 선물로 드린다고."

풍월의 말에 사마연의 안색이 어느새 딱딱하게 굳어 있었다. 회의장에 모인 이들 역시 표정이 좋지는 않았다. 포로를 선물 운운하는 것에 거부감을 느낀 것이다. 하지만 그 포로가 다름 아닌 개천의 인물이라는 것에는 큰 호기심을 보였다.

"다들 궁금해하실 테니 이만 열어볼까요? 저도 개인적으로 궁금하기도 합니다만."

장난스레 웃은 풍월이 자루를 벗겼다. 그러자 피투성이가 된 검우령이 모습을 드러냈다.

"어이쿠! 너무 심하잖아. 좀 살살 다루지."

말과는 다르게 형웅을 향해 엄지손가락을 치켜세워 준 풍월이 쓰러져 있는 검우령을 일으켜 무릎을 꿇리게 만들더니 놀란 듯 눈을 동그랗게 떴다.

"가만, 어째 안면이 있는 사람 같은데… 허! 이게 누구시오. 개천회의 무상 아니시오?"

"무상이라면 개천회에서도 만만찮은 지위에 있는 사람 같은데, 혹 아는 사람이냐?"

구양봉이 검우령의 얼굴을 살피며 물었다.

"알지. 일전에 얘기하지 않았나? 항주에서 드잡이질을 한 적이 있다고."

"아, 맞다. 그때 식솔들을 노렸다고 했지. 막내가 그걸 막느라고 죽을 고생도 하고."

"정말 죽을 뻔했지. 내가 조금만 늦었어도."

풍월이 애틋한 표정으로 바라보자 민망함을 이기지 못한 형웅이 슬쩍 고개를 돌렸다.

피식 웃은 풍월이 남궁편에게 시선을 주었다.

"재밌는, 아니, 남궁세가의 입장에선 참으로 분통 터질 얘기를 하나 들려 드리겠습니다."

"그, 그게 무엇이오?"

남궁편이 화들짝 놀라며 되물었다.

"방금 들으셨겠지만 이자와는 항주에서 겨룬 적이 있습니다. 대단한 실력자였지요. 혹시 기억하십니까, 천마동부에서 검성 노선배님을 공격했던 자를?"

풍월이 위지허와 싸우다 목숨을 잃은 검성 남궁무백을 거론하자 부친의 죽음을 떠올린 남궁편이 이를 부득 갈았다.

"내 어찌 잊겠소. 죽어서도 잊지 못할 것이오."

"최소한 그자에 못지않은 고수였습니다."

순간 남궁편의 입에서, 귀를 쫑긋 세우고 있던 모든 이들의 입에서 탄식이 터져 나왔다.

"특히 대단한 검술을 지녔습니다. 몇 번이나 가슴을 서늘하게 할 정도로 뛰어난 검술이었지요. 그런데 놀랍게도 제가 얼마 전에 이자와 똑같은 검술을 지닌 친구를 상대하게 되었습니다. 굳이 실력을 따지자면 당시의 이자보다는 조금 더 강한 친구였습니다. 혹시 아시겠습니까?"

"서, 설마!"

남궁편의 눈이 급격하게 커졌다.

"그 친구의 이름이 아마 남궁결이었던 것 같은데, 맞습니까?"

"마, 맞소. 한데 검술이 같다면 저자가 본… 가의 제왕검법을 익히고 있단 말이오?"

"그 검술의 이름이 제왕검법이었군요. 맞습니다. 분명 같은 무공입니다."

"가주께선 이게 무슨 뜻인지 아시겠습니까?"

"대체 어찌 된 일인지……. 제왕검법은 본 가의 식솔들이 목숨을 걸고 얻은 것이거… 설마!"

뭔가를 깨달은 것인지 남궁편의 눈이 분노와 공포로 점철되었다.

"예, 예상하시는 것이 맞을 겁니다. 천마동부에서 발견된 팔대마존과 우내오존의 무공은 개천회에서 던져놓은 것입니다. 정확히는 천마동부 외부에서 발견된 무공이겠군요. 그들 역

시 내부까지는 진입하지 못했으니까. 아, 그리고 하나 더 말씀
드리자면 천마동부에서 팔대마존과 우내오존의 시신과 무공
이 발견된 것은 당시 천마에 대해 반역을 꾀했기 때문입니다.
뭐, 아시는 분은 이미 알고 계시겠지요. 다만 천마 조사와 그
제자들의 싸움에 어째서 우내오존이 개입을 한 것인지에 대
한 의문은 가지고 계실 겁니다."

"어째서 그런 것이오?"

주소광이 궁금함을 참지 못하고 물었다.

"천뇌마존께서 그 이유를 말씀해 주셨습니다. 아, 일전에
제가 맹주님의 아드님을 만나 간단히 설명했던 것 같군요. 아
무튼 파천신부가 속한 개부문은 개천회의 개입으로 만신창이
가 된 상태였고, 권왕은 제자가 납치가 되는 바람에 개천회의
의도대로 움직였던 것입니다. 검존께서 움직인 이유는 정확히
밝혀내지 못하신 것 같은데, 아마도 비슷한 이유가 아닐까 싶
습니다."

풍월이 검존을 거론하자 남궁편의 입에서 절로 신음이 흘
러나왔다.

"참고로 당시 납치됐던 권왕의 제자가 탈출에 성공하여 개
천회의 정체가 밝혀지게 되었다고 합니다. 그리고 당시 개천회
로 지목된 곳은……."

풍월의 시선이 무섭도록 굳은 사마연에게 향했다.

"사마세가였습니다. 그로 인해 사마세가는 멸문지화를 당할 뻔하지요."

폭탄선언과도 같은 말이었지만 생각보다 큰 동요는 없었다. 풍월이 하오문주를 구해내고 사마조를 만나면서 이미 밝혀진 얘기였기 때문이다.

"서문세가와 꼭 닮은 상황이라는 것이 재밌지 않습니까?"

풍월의 물음에 몇몇은 고개를 끄덕였지만 대다수는 크게 반응하지 않았다.

풍월은 그들의 반응을 신경 쓰지 않았다. 어차피 중요한 것은 지금부터니까.

"한데 한 가지 의문이 생겼습니다."

좌중에게 향했던 시선이 다시금 사마연에게 고정되었다.

"개천회로부터 탈출한 권왕의 제자에게서 사마세가가 개천회라는 정보를 얻은 천뇌마존은 오랫동안 개천회를 쫓고 있던 천풍묵검 등의 도움으로 사마세가를 초토화시키는 데 성공을 합니다. 하지만 그것이 잘못된 정보임을 확인하고 큰 충격을 받았습니다. 게다가 당시에 당한 심각한 부상으로 결국 은거하게 되지요. 그곳이 바로 천뇌곡입니다. 천뇌곡에 은거한 천뇌마존은 두 가지를 남겼습니다. 그중 하나가 천뇌비록입니다. 그건 이미 제가 맹주님의 아드님께 전해 드렸습니다. 그리고 다른 하나, 이것이 매우 미묘합니다."

순간, 사마연의 표정이 살짝 일그러졌다.

풍월이 어쩌면 자신을, 사마세가를 의심하고 있을지도 모른다고 경고한 사마조의 서찰이 떠올랐다.

"천뇌마존은 천뇌비록을 남기기 전, 하나의 물건을 먼저 만들었습니다. 그리고 그것을 사마세가에 전했지요. 한데 아드님은 전혀 기억하지 못하더군요. 나중에 가서야 진법서 비슷한 것이라 말을 바꾸기는 하였습니다만."

"그 얘기도 들은 것 같소. 그 아이가 착각을 한 것 같은데……."

사마연이 다급히 변명을 하려 했지만 풍월은 이를 용납할 생각이 없었다.

"착각이라. 어떤 상황에서도 꽤나 편리하게 쓰이는 말이지요. 하나, 도저히 이해를 할 수가 없었습니다. 어떻게 천마도를 기억하지 못하는 것인지를요."

마침내 터졌다.

사마세가의 일을 자책하여 천뇌마존이 사마세가에 전한 것이 천마도임을 알게 된 이들은 입을 쩍 벌린 채 경악을 금치 못했다.

"그, 그게 무슨 말이오? 저, 정말 사마세가에 처, 천마도가 전해졌단 말이오?"

충격이 컸던지 남궁편이 말을 제대로 잇지 못하고 더듬거리며 물었다.

"그것이 사실이오?"

"정말로 천마도가 전해진 것이오?"

"아무리 그렇다고 해도 천뇌마존이 사마세가에 천마도를 전했다는 것이 말이 되는 것이오?"

"믿을 수 없소. 혹 어떤 술수가 있는 것은 아니오?"

온갖 질문이 쏟아졌다.

"천뇌마존이 남긴 기록에 의하면 틀림없습니다. 그리고 맹주의 아드님이 분명 확인을 해주었습니다."

풍월의 단호한 어조에 사람들의 시선이 사마연에게 향했다. 뭔가 해명을 바라는 간절한 눈빛이었다.

개천회가 천마도를 가지고 음모를 꾸몄음은 이미 만천하에 공개된 일. 한데 천마도가 사마세가에 전해졌다는 말이 사실이라면 정말 상상도 하기 싫은 상황이 벌어질 수 있기 때문이었다.

"아, 아니오. 그건 그 아이가 착각을 한 것이오. 그리고 궁주도 모르는 것이 있소."

사마연이 필사적으로 고개를 저으며 입을 열었다.

"뭐를 착각을 했다는 겁니까? 그리고 제가 모르는 것이 있다고요?"

풍월이 비웃음을 지으며 물었다.

"그렇소. 본 가의 기록에 의하면 천뇌마존이 본 가에 전한 것은 하나가 아니라 두 가지였소. 두 장의 그림. 궁주가 전한 것까지 이제 세 개가 되는구려."

또 다른 반전이었다.

"호! 두 개였단 말입니까?"

"그렇소. 두 장의 그림 중 하나는 본 가를 보호할 수 있는 진법의 묘리가 담긴 것이었소. 현재 본 가 주변에 펼쳐져 있는 진법이 바로 당시 천뇌마존이 전한 진법을 발전시킨 것이오. 아들 녀석이 언급한 것은 바로 그 진법도였소. 다른 한 장의 그림은 산수화였소. 그 산수화 또한 전해졌지만 얼마 되지 않아 팔았다고 기록이 있을 뿐이오. 기록 어디에도 천마도를 받았다는 말은 적혀 있지 않소."

"팔았다고요?"

풍월이 어이가 없다는 얼굴로 되물었다. 그건 다른 이들의 표정도 풍월과 다르지 않았다. 하지만 사마연은 표정 하나 변하지 않고 말을 이었다.

"당시 기록에 의하면 본 가에서 살아남은 숫자는 겨우 열 명 남짓에 불과했소. 게다가 주춧돌까지 불태워진 상황에서 살아남기 위해 무슨 짓인들 못 하겠소? 유추해 보건대 천뇌마존이 남긴 그림이라면 분명 큰 값을 받고 팔 수 있었을 터. 살아남기 위해 그림을 팔았을 거요."

"그게 말이 된다고 보십니까?"

풍월의 말에 사마연이 언성을 높였다.

"믿지 못하는 것은 이해를 하지만 그것이 사실이오. 애당초 천마도의 비밀을 알았다면 본 가가 지금껏 숨기고 있을 이유가 없지 않소. 좋소. 본 가가 개천회라고 가정을 해봅시다. 수백 년 전에 얻은 천마도요. 어째서 이제 와서 그걸 가지고 수작을 부린단 말이오."

"역량이 되지 않았겠지요. 천마도를 얻었다고 해도 당시 천뇌마존 등에 초토화된 것은 분명 사실이니까. 힘을 키우려면 오랜 세월이 필요했겠지요. 아, 검황과 그 후예들의 치열한 방해도 한몫을 했겠고요."

"그것은 그대의 추측에 불과할 뿐. 명백한 사실은 멸문지화의 위기에서 간신히 명맥은 유지한 본 가가 수백 년의 세월 동안 필사적인 노력으로 지금의 성세를 이뤘다는 것이오. 화평연을 주재하며 나름 무림의 평화에도 기여하고자 노력도 했고. 그건 역사가 증명하고 있소. 한데 대체 왜 그러는 것이오? 궁주가 어째서 본 가에 이런 참담한 누명을 씌우려는지 그 의도를 모르겠소."

피를 토하는 듯한 사마연의 열변에 회의장의 분위기가 묘하게 흘러갔다. 누명 운운하는 말에 이르러선 상당한 자들이 의심의 눈초리로 풍월을 바라보았다.

"휘유! 대단합니다. 역시 말로는 안 될 것 같네요."

풍월이 휘파람을 불며 한 걸음 물러났다. 구양봉이 그런 풍월의 뒤통수를 후려쳤다.

"쯧쯧, 쓸데없는 소리나 지껄이고. 비켜."

풍월을 밀어낸 구양봉이 검우령의 머리카락을 움켜쥐고는 사마연 앞으로 끌고 왔다.

"개방의 대표로서 정의맹의 맹주에게 묻겠습니다. 맹주께선 개천회의 무상이라 불리는 이자를 아십니까?"

"……."

대꾸를 하지 못하는 사마연의 눈동자가 마구 흔들렸다.

"아시냐고 물었습니다."

구양봉의 질문에 사마연이 발작하듯 소리쳤다.

"모르오."

"그럼 숨통을 끊어버려도 상관없습니까?"

"그건……."

사마연이 멈칫거릴 때 곳곳에서 고함 소리가 터져 나왔다.

"말조심하시오!"

"아무리 개방의 대표라 해도 맹주께 이 무슨 무례란 말인가?"

그들의 호통을 귓등으로 흘려들은 구양봉이 사마연을 향해 다시 물었다.

"죽여도 되냐고 물었습니다."

"그건 저자를 포로로 잡은 자들이 판단할 일. 본 맹주의 소관이 아니오."

피가 나도록 주먹을 쥔 사마연의 음성은 놀랍도록 평온했다.

사마연의 눈빛을 직시하던 구양봉이 누런 가래침을 탁 뱉었다.

"더럽네. 대체 권력이 뭐라고 핏줄의 목숨을 지나가는 개새끼만도 못하게 취급을 하네."

회의장에 모인 이들이 무례하기 짝이 없는 구양봉의 행동에 폭발을 하려 할 때, 구양봉이 들고 있던 타구봉이 바닥을 내려찍었다.

꽝!

회의장의 바닥이 쩍쩍 갈라지며 건물이 뒤흔들렸다.

"이자의 이름은 검우령, 개천회의 무상이자 어릴 적 죽었다고 알려진 맹주 누이의 남편이오. 이보시오, 맹주. 우리가 이자를 어찌 찾았을 것 같소? 당신 아들놈을 뒤쫓다가 잡은 거요. 고모부하고 아주 사이가 좋더만."

구양봉의 분노가 회의장에 휘몰아쳤다.

"당신들이 어째서 천마도를 지금에서야 사용했는지는 몰

라. 아무것도 모른 채 방치를 했던가, 실력이 되지 않아 풀어
내지 못했는지 상관도 하기 싫고. 하지만 확실한 건 이자가
개천회의 무상이라는 거지. 또한 당신의 아들과 함께 다니며
온갖 수작질을 벌였다는 것도. 매형이, 아들놈이 무슨 일을
하는지 모른다고, 사마세가와는 상관이 없다고 부인을 할 텐
가? 할 테면 해봐. 이미 증거는 차고 넘치니까."

구양봉이 너무 놀라 숨도 제대로 쉬지 못하고 있는 이들을
향해 선언하듯 소리쳤다.

"사마세가가 개천회라는 증거가!"

*   *   *

"큰일 났습니다, 형님!"

문을 박차고 들어선 사마중의 다급한 표정에 차를 마시며
잠시 휴식을 취하고 있던 사마조가 조금은 짜증 난 얼굴로 찻
잔을 내려놓았다.

"무슨 일인데 난리야?"

"으, 은설산장(闇雪山莊)이 날아갔습니다."

"뭐라… 고? 지금 무슨 말을 하는 거야?"

"은설산장이 초토화가 되었다고 합니다."

"맙소사!"

깜짝 놀란 사마조가 벌떡 일어났다.

"그게 말이 되냐? 은설산장이 왜 초토화가 돼? 더구나 지금 그곳에 고모부님도… 고모부는, 무상께선 어찌 되셨지?"

질문을 하는 사마조의 눈빛이 크게 흔들리며 입술은 덜덜 떨렸다.

"적에게 포로가……."

"포로? 말이 되는 소리를 해라. 고모부님의 실력을 몰라서 하는 말이냐? 당금 천하에 고모부님과 검을 맞댈 수 있는 실력자는 거의 없다. 게다가 가장 위험한 놈이라 할 수 있는 풍월은 정의맹으로 갔다. 대체 누구에게 포로가 되셨다는……."

순간, 사마조는 그대로 굳었다.

"설마 형웅, 그놈이냐?"

"예, 그런 것 같습니다."

"아!"

사마조가 얼굴을 감싸 쥐며 주저앉았다.

한참이나 머리를 파묻고 주저앉아 있던 사마조가 벌떡 몸을 일으켰다.

"할아버님을 뵈어야겠다. 어디에 계시냐?"

"연화정에 계신 것으로 압니다."

사마중의 말을 제대로 듣지도 않은 채 문을 박차고 나선 사마조는 한달음에 연화정으로 달려갔다.

"쯧쯧, 저렇듯 헐레벌떡 뛰어오는 것을 보니 무슨 사고가 났군. 기분 좋게 술을 마시긴 틀린 것 같네."

오랜 폐관수련을 끝내고 돌아온 사마납, 사마천 등과 술잔을 기울이고 있던 사마용이 허둥지둥 달려오는 사마조를 보며 혀를 찼다.

"허허! 그래도 믿음직하지 않습니까? 아주 제대로 일을 하고 있다고 들었습니다."

사마납이 껄껄 웃으며 말했다.

"그렇긴 하지. 가끔 미숙함이 보이긴 하지만 저 아이가 없으면 개천회가 제대로 돌아가지 않을 정도니."

"허허! 이러다 그 녀석의 자리가 위협받는 것은 아닌지 모르겠습니다."

사마천이 은근한 어조로 말을 하자 사마용이 피식 웃었다.

"과거라면 그럴 수도 있겠지만 난세로 접어든 지금은 아니지. 사마세가라면 모를까, 개천회는 머리 하나로는 이끌 수 없다는 것을 자네들도 알지 않나."

"그렇긴 하지요."

사마납과 사마천이 동시에 고개를 끄덕였다.

"한데 녀석은 언제쯤 돌아온다던가? 이제 끝낼 때가 된 것 같은데."

"조만간 돌아올 겁니다. 사실 지금 출관을 해도 무리는 아닌데 조금 더 욕심을 내는 모양입니다."

사마납의 말에 술잔을 들던 사마천이 고개를 흔들며 웃었다.

"욕심이 아주 많은 녀석입니다. 그리고 그 욕심만큼이나 무시무시하게 변하고 있고요. 우리와 함께 폐관수련을 시작할 때만 해도 일대일로 능히 상대를 할 수 있었지만 지금은 합공을 해도 감당하기 힘들 정도입니다."

"허! 그 정도까지 발전을 했나?"

사마용이 기쁨에 겨워 물었다.

"두고 보시면 알 겁니다. 솔직히 이제는 회주님이 아니면 상대할 사람이 없을 겁니다."

"아니, 어쩌면 회주님도……."

사마납이 말꼬리를 흐리며 웃었다.

"사마세가의 적장자로서 그 정도는 되어야지. 암, 그렇고말고."

그들이 웃고 떠드는 사이, 사마조가 연화정에 도착했다.

"무슨 일이기에 그리 호들갑이냐?"

사마용이 웃으며 물었다. 사마조가 창백해진 얼굴로 소리쳤다.

"은설산장이 무너졌습니다."

웃음은 순식간에 사라졌다.

"은설산장이라면… 무상이 있던 것으로 아는데 아니냐?"

사마용의 표정이 무섭게 굳었다.

"예, 고모부는 포로가 되었고 고모부를 따르고 있던 여명대원들 또한 모조리 몰살을 당하거나 포로가 되었다고 합니다."

"아니, 어쩌다가?"

"대체 누가 무상을 상대할 수 있더란 말이냐? 듣자 하니 검존의 무공을 완성한 이후 실력이 장난이 아니라던데."

사마납과 사마천은 이해가 되지 않는다는 표정이었지만 사마용은 달랐다. 이미 그가 사마조의 뒤를 쫓던 은혼을 미끼로 낚시를 하려 한다는 보고를 받았기에 상대가 누군지 알고 있었다.

"형웅에게 당한 것이냐?"

"그런 것 같습니다."

"한심한! 그렇게 자신하더니만."

화를 참지 못한 사마용이 거칠게 술잔을 들었다.

"형웅? 그놈은 누구냐?"

사마납이 물었다.

"매혼루의 루주이자 풍월이란 놈의 의제입니다."

"매혼루? 하면 살수 따위에게 당했다는 거냐?"

사마천이 어이가 없다는 듯 물었다.

"놈이 살황마존의 무공을 얻었습니다."

살황마존이란 이름에 사마납과 사마천의 입이 떡 벌어졌다.

"무상이 포로가 되었다면 본 가가 노출되는 것은 시간문제
겠지?"

사마용이 착 가라앉은 음성으로 물었다.

"예, 풍월은 물론이고 형웅 또한 고모부님과 안면이 있으니
까요. 게다가 고모부가 당했다면 저를 쫓다가 사로잡힌 살수
놈도 풀려났을 테니 막을 방법이 없습니다."

"부인할 수도 없는 증거를 남겼다는 말이구나."

"죄송합니다."

사마조가 머리를 숙였다.

"풍월이 정의맹에 있다고 했더냐?"

"예, 지금쯤이면 도착했을 겁니다."

"무사히 넘어가긴 힘들겠지?"

잠시 멈칫한 사마조가 이를 지그시 깨물며 고개를 끄덕였
다.

"예."

"은설산장에서 노출될 수 있는 정보는 어느 정도나 되느
냐?"

"본 가를 보조하는 정도로 활용하고 있었기 때문에 그리

많지는 않습니다."

"어쨌거나 가능한 모든 조치를 취해서 정보를 차단해라. 본가는 어쩔 수 없다고 해도 다른 곳은 살려야 한다."

"알겠습니다."

"비상 회의를 소집해라. 지금 당장!"

목소리에 잔떨림이 일었다.

겉으로는 평정심을 유지하고 있지만 사마용은 지금껏 겪어 보지 못한 위기감에 사로잡혀 있었다.

*　　　　*　　　　*

사실상 개방의 방주라고 할 수 있는 구양봉의 선언은 풍월의 주장과는 비교할 수도 없는 엄청난 파급력을 불러왔다.

풍월의 설명에도 반신반의하던 사람은 물론이고, 부정적으로 바라보던 이들 역시 구양봉의 폭탄 발언에 아연실색하고 말았다.

그들 모두의 시선이 사마연에게 향했다.

언제 움직였는지 사마연의 목에는 형응의 검이 닿아 있었다.

사마연을 제압한 형응은 곧바로 마혈을 짚어 말을 하는 것을 제외하곤 손가락 하나 까딱하지 못하게 만들었다.

당연히 반발을 하리라 예상했던 사마연은 놀랍게도 침묵을 지켰다. 감정이 드러나지 않은 시선은 구양봉이 아니라 그의 손에 잡혀 있는 검우령에게 향해 있었다.

"어째서 부인을 하지 않는 거요?"

풍월이 의외라는 얼굴로 물었다.

검우령에게서 고개를 돌린 사마연이 허탈하게 웃었다.

"부인? 개방의 정보력을 아는데 부인을 한다고 그게 먹힐까? 이미 본 가의 호구조사도 다 끝냈을 텐데."

"하면 인정을 한다는 겁니까?"

"……."

사마연이 허탈한 표정으로 침묵을 지키자 회의장은 그야말로 난리가 났다. 사마세가를 칭송하며 따르던 이들이 받은 충격은 상상도 할 수가 없는 것이었다.

다시금 사실을 확인하려는 간절한 외침과 경악, 분노가 담긴 욕설과 함성이 폭풍처럼 휘몰아쳤다.

분노는 사마연에게만 쏠리지 않았다.

회의장 내에는 사마연을 제외하고도 사마세가의 수뇌부들이 자리하고 있었다. 그들 모두는 정의맹에서 주요 위치를 차지하고 있던 인물들로서 사마연이 점차 수세에 몰리자 어쩔 줄을 몰라 했다. 그러다 결국 사마세가의 정체가 드러나는 것과 동시에 모조리 제압을 당하고 말았다.

사실 풍월을 대신해 구양봉이 나섰을 때 풍월은 남궁세가의 가주를 비롯해서 혁련세가의 주소광 등 정의맹의 핵심 세력 대표들에게 은밀히 전음을 보냈다.

　회의장 곳곳에 사마세가의 인물이 자리하고 있는 상황에서 자칫하면 최악의 일이 벌어질 수 있기에 우선적으로 그들을 제압해 달라는 요청이었다.

　처음엔 반신반의하던 이들도 검우령의 정체가 드러나고 사마연이 아무런 부인도 하지 못하는 것을 보곤 곧바로 행동을 개시했다.

　예상보다 큰 충돌은 없었다. 워낙 기습적으로 벌어진 일이기도 했고, 정신적으로 큰 충격을 받은 사마세가의 인물들이 미처 대비를 하지 못했기 때문이다.

　제압당한 사마세가의 주요 인물들이 회의장 중앙으로 끌려나왔다. 그 수가 정확히 아홉이었는데 그들을 향해 형언할 수 없는 욕설과 살기가 쏟아졌다.

　"저들 중에서 몇이나 진실된 마음을 말하는 걸까?"

　구양봉이 조용히 물었다.

　"글쎄, 어쨌거나 전부는 아닐걸. 심지어 개천회와 직접적으로 연관이 있는 자들도 있을 거고. 하지만 이것 하나는 확실하네."

　"뭐가?"

"남궁세가만큼은 진심으로 분노하고 있다는 거."

풍월의 말을 들은 구양봉이 남궁편을 향해 슬쩍 고개를 돌렸다.

사마세가가 개천회임이 밝혀진 이후, 지금껏 단 한 마디도 하지 않고 있지만 조용히 앉아 있는 남궁편의 눈빛, 전신에서 뿜어져 나오는 기세는 실로 무시무시했다.

"그렇겠지. 개천회로 인해 어느 누구보다 막대한 피해를 당한 데다가 서문세가의 일로 농락까지 당했으니까. 아무튼 이제 다시 얘기를 해볼까나."

회의장에 모인 이들이 마음껏 분노를 발산할 때까지 기다려 주었던 구양봉이 타구봉으로 다시금 바닥을 찍었다.

회의장 전체를 뒤흔들었던 조금 전과는 상당한 차이가 있었지만 모두의 주목을 이끌어내기엔 충분했다.

"아직 확인해야 할 것이 많습니다. 일단 흥분을 가라앉혀 주십시오."

"더 이상 확인할 것이 무엇이 있겠소? 사마세가가 개천회임이 만천하에 밝혀졌소. 당장 사마세가를 쳐야 하오."

주소광이 누구보다 먼저 목소리를 높였다.

"맞소이다. 지금 당장 공격해야 하오."

"놈들이 도주할 시간을 줘서는 안 될 것이오."

"저자들의 목부터 벱시다."

주소광의 뒤를 이어 거친 말들이 폭포수처럼 쏟아져 나왔다.

일말의 옹호도 나오지 않았다. 보다 정확하게 상황을 파악해야 한다는 의견도 없었다. 혹여라도 사마세가와 연계가 될까 봐 더욱 강한 어조로 그들을 비난하고 처벌하자 외칠 뿐이었다.

"하나만 물읍시다. 사마세가가 개천회임은 틀림없지만 총단이라고 해야 하나. 아무튼 본진은 아닌 것 같은데 어디에 있습니까, 개천회?"

구양봉의 물음에 사마연은 아무런 말도 하지 않았다.

"맹주가, 개천회의 회주요?"

풍월이 다시 물었지만 사마연은 계속해서 침묵을 지켰다.

"이런 식이면 곤란한데."

살짝 인상을 찌푸린 풍월이 중앙으로 끌려 나온 사마세가의 수뇌부 중 한 명에게 다가갔다.

"맹주가 개천회의 수장이오?"

"모른다!"

풍월의 손에 잡힌 중년 사내, 사마성이 거칠게 고개를 흔들었다.

"하긴, 누가 수장인지는 상관이 없지. 어차피 사마 씨일 테니까."

차갑게 웃은 풍월이 사마성의 완맥을 틀어쥐며 말했다.

"분골착근(分骨錯筋)이라고 들어봤소? 저치는 부상당한 몸으로 혀를 끊어버리면서까지 끝까지 참아내던데, 당신은 어떨지 모르겠네."

풍월의 말에 모두의 시선이 축 늘어져 있는 검우령에게 향했다. 그가 어째서 아무런 말도 하지 않고 있는지 비로소 이해를 할 수 있었다.

"개천회는 어디에 있소?"

"모, 모른다."

"마지막으로 묻지. 어디에 있지, 개천회는?"

풍월의 서늘한 눈빛에 사마성은 두려움에 떨면서도 이를 부득 갈았다.

"네놈이 무슨 짓을 하든 간에 내게선 아무런 말도 들을 수가 없다."

"과연 그럴지 두고 봅시다."

풍월은 주저하지 않고 분골착근의 수법을 썼다.

"끄아아아아!"

사마성의 몸에서 비명이 터져 나오는 것은 찰나였다.

풍월은 고통을 극대화시키기 위해 아예 몸을 움직이지 못하도록 그의 혈을 점했다. 비명도 지르지 못하게 하기 위해 아혈마저 제압했다.

사마성이 할 수 있는 것은 그저 입을 쩍 벌린 채 눈을 부릅 뜨는 것뿐이었다.

죽음보다 공포스러운 반각의 시간이 흐른 뒤, 분골착근의 수법을 거둔 풍월이 아혈을 풀어주곤 물었다.

"개천회는 어디에 있지?"

"……."

"개천회."

"주, 죽여……."

풍월은 사마성의 말을 들을 생각이 없었다. 곧바로 아혈을 제압하고 분골착근의 수법을 사용했다.

끔찍한 고통 속에서 혼절을 하고 깨어나기를 몇 번이나 하면서도 끝까지 버텨낸 사마성은 결국 숨이 끊어지고 말았다.

사마성이 목숨을 잃었지만 사로잡힌 자들은 아직도 충분했다.

풍월은 초조한 얼굴로 지켜보던 사마연의 얼굴에 안도감이 흐르자 비웃음을 흘렸다.

"아홉 번 중 한 번의 기회가 날아갔을 뿐이니 그리 좋아할 것 없소."

풍월이 포로들을 향해 몸을 돌리려 할 때였다.

"그가 침묵해서 좋아한 것이라 생각하나?"

"무슨 뜻이오?"

"그의 침묵은 당연한 것이다. 그대는 모른다. 수백 년이란 긴 세월 동안 이어져 내려온 본 가의 염원이 얼마나 강한지를. 그가 아니라 다른 사람이라도 같은 결과가 나올 뿐이다. 다만, 의미 없는 고통을 겪는 것이 안타까울 뿐. 하지만 이제는 그것도 끝이다."

사마연의 말이 끝나기도 전, 단말마의 비명이 들려왔다.

풍월이 아차 싶은 얼굴로 고개를 돌렸을 때 포로로 잡혀 있던 자들 중 살아 있는 사람은 단 한 명도 없었다. 심지어 검우령마저 숨이 끊어져 있었다.

시퍼렇게 눈을 뜨고 포로들을 감시하는 자들의 눈을 피해 찰나의 순간에 포로들의 숨통을 끊은 사람은 놀랍게도 지객당주 왕국양이었다.

정의맹에서 궂은일을 도맡아 함에도 무공이 약하고 그 누구보다 존재감이 없던 왕국양의 등장에 다들 할 말을 잃었다.

"맹에 남아 있던 식솔들에겐 연락을 취했습니다. 이미 탈출을 시작했을 겁니다, 가주."

왕국양이 사마연을 향해 고개를 숙였다.

"고맙네. 자네에게 또 신세를 지는군."

"무슨 말씀을. 제가 가주께 진 신세에 비하면 아무것도 아닙니다."

"미안하네. 그리고 고맙네."

사마연은 자신을 걱정하는 왕국양의 눈빛을 보며 미소를 지었다.

"내 걱정은 하지 말게."

사마연의 진심 어린 말에 가만히 고개를 숙여 예를 표한 왕국양. 그는 풍월과 사마연의 곁을 지키고 있는 형웅을 보며 잠시 갈등하는가 싶더니 손에 든 검을 역수로 잡아 곧바로 자신의 가슴을 찔렀다.

왕국양이 검을 역수로 잡는 것을 본 구양봉이 즉시 움직였지만 이미 늦었다.

"빌어먹을 새끼!"

왕국양의 죽음을 막지 못한 구양봉의 입에서 욕설이 터져 나왔다.

"대단들 하네요. 설마하니 이런 식으로 입을 막을 줄은 몰랐습니다."

풍월의 빈정거림에 사마연은 아무런 대꾸도 하지 않았다.

"하지만 끝이 아니야. 아니, 오히려 실수를 했다는 것을 뼈저리게 느끼게 될 거다. 형웅."

형웅의 시선이 풍월에게 향했다.

"네게 맡기마."

"예."

짧게 대답한 형웅이 사마연의 어깨에 가만히 손을 올렸다. 그러고는 흠칫 떠는 그를 향해 엷은 미소를 지어 보였다.

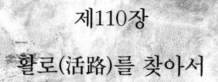

제110장

활로(活路)를 찾아서

소문은 들불처럼 퍼졌다.

소문이 사실임이 밝혀졌을 때의 충격은 서문세가 때와는
비교도 할 수가 없었다.

사마세가다.

제일차 정마대전이 끝난 이후, 무림 인명부를 만들고 화평
연을 주재하며 무림의 평화에 혁혁한 공을 세운 현자의 가문.
게다가 개천회의 개입으로 인해 패천마궁에 변고가 생기고 마
련이 강남무림을 초토화시킬 때 그야말로 혜성처럼 등장하여
그들을 막아내고 정의맹을 탄생시킨 위대한 가문. 한데 그 모

든 것이 거짓이었다. 사마세가가 자신들의 정체를 숨기고 무림을, 군웅들을 마음껏 유린하고 조롱한 것이었다.

사마세가의 정체가 드러나고 정의맹주를 비롯하여 핵심 수뇌들이 곧바로 숙청되었지만 그들의 간계에 속은 수많은 문파, 세력들의 분노는 끝나지 않았다.

정의맹에 모여 있던 이들 모두가 사마세가로 몰려갔고 주변에서 소식을 듣고 달려온 자들도 수천에 이를 정도였다. 하지만 정작 사마세가에 도착했을 때 그들이 할 수 있는 것은 아무것도 없었다.

자신들의 정체가 노출된 것을 눈치챈 사마세가의 식솔들 대부분은 이미 세가를 빠져나갔고 정문은 굳게 잠겨 있었다. 분노한 이들에 의해 수많은 전각이 잿더미로 변해 버렸지만 단지 그뿐이었다.

"쯧쯧, 그러게 별 의미 없다니까."

풍월은 군웅들을 이끌고 기세 좋게 달려갔다가 허탕만 치고 돌아온 구양봉을 보며 혀를 찼다.

"설마하니 그렇게 내뺄 줄은 몰랐지. 이것들은 체면도 없어."

구양봉이 손에 든 술을 벌컥벌컥 들이켜며 분개했다.

"그런데 뭐 좀 알아냈냐?"

구양봉이 입가에 묻은 술을 훔치며 물었다. 순간, 싱글거리던 풍월의 얼굴이 살짝 굳었다.

"없어?"

"명색이 가주라 그런지 보통 인간이 아니야. 막내가 저리 고전하는 것을 본 적이 없어."

"그 정도야?"

구양봉이 놀란 얼굴로 물었다.

"형응이 혀를 내둘렀다면 말 다했지. 입을 아예 다물고 있는 것은 아니야. 어지간한 것은 다 토설했어. 다만 핵심적인 것을 전혀 말을 하지 않고 있다는 것이 문제지."

"개천회의 본진이 어디에 있는 것인지 알아내지 못했다는 말이네."

"본진은 물론이고 은설산장같이 곳곳에 퍼져 있는 다른 거점들도 전혀. 핵심 인사들 역시 입을 다물고 있고."

"아, 그건 대충 알 것 같더라."

술병을 내려놓은 구양봉이 품에서 뭔가를 꺼내 들었다.

"그게 뭔데?"

풍월이 탁자에 펼쳐지는 커다란 종이를 보며 의아한 표정을 지었다.

"사마세가의 가계도. 사마세가에 어떤 인간들이 있는지 면밀히 조사를 했지. 완벽하지는 않지만 그래도 어느 정도는 정확하다."

"줄을 그은 자들은……."

"이미 죽었거나 실종이 된 사람들. 하지만 지금 상황에선 믿을 수가 없지. 언제 어디서 갑자기 툭 튀어나올지 모르니까."

"하긴, 죽음만큼이나 자신의 존재를 감추기 좋은 방법은 없으니까. 그래서, 이자가 우두머리일 가능성이 가장 높다는 거야?"

풍월이 가계도 가장 위, 줄이 그어져 있는 이름을 가리키며 물었다.

"사마용, 전대 가주다. 꽤나 뛰어났던 인물로 알려져 있어. 살아 있다면 개천회주로서 가장 유력한 자다. 그의 형제들과 사촌 형제들 또한 만만치 않고. 아, 이자는 확실하게 죽었다."

풍월은 구양봉이 가리키는 이름을 보곤 피식 웃고 말았다.

사마혼. 참옥의 일로 그와 맞붙었던 개천회의 삼장로다. 당시 그는 풍월의 흡기에 당해 처참하게 목숨을 잃었다.

사마세가의 가계도를 찬찬히 살펴보던 풍월의 눈에 하나의 이름이 들어왔다. 가계도 맨 마지막에 위치했으면서도 줄이 그어져 있었다.

"사마풍운? 이름은 멋지네. 가주의 큰아들이면 사마세가의 적장자라는 말인데 이자도 죽었다는 거야?"

구양봉이 풍월이 가리킨 이름을 보더니 크게 눈빛을 빛

냈다.

"아, 사마풍운. 죽었다고는 알려져 있다. 무공을 익히다가
주화입마에 걸렸다나. 예전엔 믿었지만 지금은 아니지. 오히려
요주의 인물이다."

"어째서?"

"어릴 적부터 희대의 천재로 이름을 날렸거든. 문무겸전(文
武兼全). 어쩌면 그로 인해 사마세가가 제갈세가의 벽을 뛰어
넘을 수 있을지도 모른다고 평해졌으니까."

"제갈세가? 대단하네."

"십 년 전이던가. 그가 주화입마에 걸려서 목숨을 잃었다는
소식에 사부가 꽤나 안타까워했던 기억이 있다. 큰 인물이 될
별이 일찍 떨어졌다고."

"흠, 사마풍운이라."

풍월은 자신도 모르게 사마풍운이란 이름을 몇 번이나 되
뇌었다.

"아무튼 이제 어쩔 거냐? 개천회가 사마세가로 밝혀지기는
했지만 딱히 변한 건 없는 것 같은데."

"천천히 숨통을 조여야지. 팔다리를 하나둘씩 끊다 보면 결
국 몸통하고 머리가 나오겠지."

"젠장, 팔다리는커녕 발가락 하나도 찾기가 힘드니까… 가
만, 설마 꼬리를 붙여놓았냐?"

구양봉이 놀란 눈으로 물었다.

"당연히. 확실한 건 아닌데 수상한 몇 곳은 파악했지."

"말도 안 돼. 어떻게? 본 방의 제자들도 모조리 나가떨어졌고 매혼루에서도 실패했다면서?"

"제갈세가."

"아!"

믿을 수 없다는 눈길로 바라보던 구양봉의 입에서 절로 탄성이 터져 나왔다.

"그쪽도 꽤나 피해를 봤나 봐. 그래도 꼬리를 놓치지 않았으니 다행이지."

"다행뿐이냐. 이번 일로 더욱 꼭꼭 숨어들 텐데. 이 상황에서 꼬리를 붙이는 데 성공하다니 제갈세가가 정말 이를 악물었나 보다."

"당한 게 있으니까. 참, 용 형은 지금 어디에 있지?"

"용 형? 누구? 아, 생사의괴 어르신의 제자?"

구양봉이 눈을 끔뻑거리며 물었다.

"어. 내가 떠난 후에 그들도 소림사를 떠난 것으로 아는데."

"맞아. 바로 떠났다. 본의 아니게 일이 커졌으니까 아무래도 계속 머물기는 곤란했겠지. 한데 뜬금없이 그들은 왜?"

"부탁할 것이 있어서. 좀 찾아줘 봐."

"그래, 알았다."

구양봉은 대수롭지 않게 말했지만 용패를 떠올리는 풍월의 표정은 조금 심각했다.

"참, 오다 들어보니까 또 사고가 터졌다면서?"

"사고?"

"당가."

풍월의 표정이 확 일그러졌다.

"아, 그 미친년."

"대체 왜 그런다냐?"

"몰라. 개천회 놈들이 수작을 부린 것을 뻔히 알 텐데도 그러는 거 보면 제대로 미친 것 같아. 아니면 여기가 텅텅 비었든지."

풍월이 핏줄이 솟은 관자놀이를 신경질적으로 건드리며 소리쳤다. 그 모양이 우스웠는지 구양봉의 입에서 실소가 터져나왔다. 그들은 당가가 어째서 패천마궁을 공격한 것인지 전혀 상상을 하지 못했다.

*　　　　　*　　　　　*

"끝났습니다, 가주."

독비단주 당위안이 거친 호흡을 몰아쉬며 보고했다. 그의 얼굴에 묻은 피를 힐끗 살핀 당령이 물었다.

"피해는?"

"아홉이 죽었고 스무 명 정도가 부상을 당했습니다."

보고를 하는 당위안의 표정이 조금 어두웠다. 예상보다 훨씬 많은 피해가 발생했기 때문인데 상대가 은마문이라는 것을 감안했을 때 말도 안 되는 투정이라 할 수 있었다.

패천마궁에서도 비교적 약체로 꼽힌다고는 해도 은마문 또한 인근에서 나름 세력을 떨치는 문파로서 독비단이 그 정도 피해로 멸문을 시킨 것은 사실상 불가능한 일이었다.

그럼에도 당위안이 죄를 지은 것처럼 아쉬워하는 것은 독비단을 지원하기 위해 나섰던 멸옥에서 출옥한 일곱 명의 호법들 때문이었다. 그들이 압도적인 무위로 은마문을 초토화시켰음에도 예상보다 많은 피해가 발생했다는 것이 자신, 혹은 독비단의 무능으로 비칠까 두려워한 것이다.

그런 당위안의 마음을 이해한 것인지 당령은 별다른 질책을 하지 않았다. 오히려 부드러운 격려로 당위안의 마음을 어루만졌다.

"고생했다. 물러가서 쉬어."

"예, 가주."

당위안이 한결 밝은 표정으로 물러났다.

'병신들 같으니. 고작 은마문 따위를 상대하면서. 안 되겠어. 조금 더 혹독하게 훈련을 시켜야지.'

표독한 눈빛으로 당위안을 쏘아보던 당령이 어느새 곁에 다가와 있는 당중에게 고개를 돌렸다.

"이제 어디죠?"

"조금 더 남하를 하면 천도림이외다."

"천도림이라면 풍월이 패천마궁을 장악하는 데 공을 세운 놈들 중 하나죠?"

"맞소. 그만큼 상당한 저력을 지니고 있는 곳이오. 본 가의 움직임 때문인지 마련과의 싸움을 위해 빠졌던 인원이 모두 돌아왔다는 보고도 올라왔고."

"잘됐네요. 송사리만 상대하느라 지겨웠는데 이제야 제대로 된 싸움을 할 수 있겠어요."

"한데 이대로 괜찮은 것이오, 가주?"

당중이 걱정 가득한 얼굴로 물었다.

"뭐가 말인가요?"

"사마세가가 개천회라고 밝혀졌소. 또한 형산파와 남궁세가에 대한 마련의 공격이 개천회의 음모라 여기는 분위기가 역력하오. 이런 상황에서 본 가가 패천마궁을 공격하는 것은 아무래도 모양새가 좋지 않소. 더구나 본 가의 공격을 요청한 것이 정의맹주라는 것이 알려지면 자칫 큰 오해를 불러일으킬 수 있소."

"그래서요?"

"이쯤에서 공격을 멈추는 것이 어떻소? 최소한 상황이 어찌 변하는지 추이를 보는 것도 나쁘지는 않을 것이오."

당령이 패천마궁, 특히 풍월에게 적개심 이상의 악감정을 품고 있다는 것을 알고 있는 당중은 혹여라도 당령의 심기를 거스를까 최대한 조심하여 의견을 내놓았다.

"장로의 말도 일리가 있지만 이대로 물러나면 패천마궁의 힘이 너무 강해져요. 조금 더 무너뜨릴 필요가 있어요."

"하지만 세간의 이목이……."

"개천회의 개입이든 어쨌든 본 가가 마련의 잔당들에게 공격당한 것은 변함이 없는 사실이잖아요. 당장의 명분은 우리한테 있어요."

'그것은 우리가 조작한 것이 아니오!'라는 말이 목구멍까지 치솟았지만 당중은 차마 입 밖으로 꺼내지 못했다.

당중의 표정을 잠시 살핀 당령이 나름의 절충안을 내놓았다.

"하지만 장로의 의견도 틀리지는 않아요. 정사마 가릴 것 없이 개천회를 쫓는 상황에서 본 가만 따로 움직이는 것은 아무래도 부담이지요."

"내 말이 바로 그것이오."

당중의 안색이 환해졌다.

"그래도 내친걸음이니 천도림까지만 마무리를 짓도록 하지요. 암향가나 은마문 따위론 너무 아쉽잖아요."

"흠, 알겠소이다."

당중이 무겁게 고개를 끄덕였다. 마음 같아선 천도림에 대한 공격도 멈추자 주장하고 싶었으나 그나마 이 정도에서 멈춘 것도 다행이란 생각이 들었다.

"그리고 이번 싸움에서 실험을 해보는 것이 어떨까요? 실전에서 어떤 위력을 발휘할지 제대로 파악도 해볼 겸."

"오! 그거 좋은 생각이오. 대찬성이오, 가주."

당중은 언제 싸움을 반대했냐는 듯 들뜬 표정으로 고개를 끄덕였다.

"대신 흔적이 남아선 안 돼요. 아직은 노출되어서는 안 되는 본 가의 비밀 병기니까."

"물론이오. 완벽하게 처리할 것이니 너무 걱정하지 마시구려."

당중이 자신만만한 얼굴로 자신의 가슴을 두드렸다.

"장로만 믿겠어요."

당령은 그 말을 끝으로 지그시 눈을 감았다.

대화를 마치겠다는 그녀의 의도를 읽은 당중이 가볍게 허리를 숙이곤 뒤로 물러났다.

당중이 사라지자 가만히 눈을 뜬 당령이 천천히 몸을 일으켰다. 그러고는 조심스레 따라붙는 호위들을 뒤로 물린 뒤 숲을 향해 걸음을 옮겼다.

얼마나 걸었을까, 당령의 입에서 차가운 음성이 흘러나왔다.

"나와라."

그녀의 매서운 눈이 벼락을 맞아 반으로 갈라져 죽은 고목(枯木)을 향했다.

고목 뒤에서 한 사내가 모습을 드러냈다.

"누구지, 너는?"

"사마건이라 합니다."

개천회 여명대 대주 사마건이 당령을 향해 공손히 머리를 조아렸다.

사마건의 이름을 들은 당령의 눈빛이 차갑게 가라앉았다.

"개천회에서 왔느냐?"

"그렇습니다."

"지금쯤이면 올 줄 알았다. 그래, 무슨 용건이냐?"

"이걸 전하러 왔습니다."

사마건이 품속에 손을 넣었지만 당령은 조금도 경계하지 않았다.

사마건이 품속에서 비단에 쌓인 봉투 하나를 꺼내 들며 말했다.

"회주께서 전하라 하셨습니다."

"흥!"

코웃음을 친 당령의 가벼운 손짓에 사마건의 손에 들린 비단 봉투가 둥실 떠오르더니 그녀의 손으로 빨려 들어갔다.

"답변을 들어야 하는 것이냐?"

"아닙니다."

"그럼 꺼져라."

냉소와 함께 일갈한 당령이 그대로 몸을 돌렸다.

그녀의 뒷모습을 보는 사마건의 눈빛이 살기로 물들고 지그시 깨문 입술에선 붉은 피가 주르륵 흘러내렸다.

*　　　　　*　　　　　*

톡. 톡. 톡.

지그시 눈을 감고 한쪽 손으로 턱을 괸 채 탁자를 두드리고 있던 사마용이 인기척에 눈을 떴다.

"왔느냐?"

"예."

공손히 대답한 사마조가 맞은편 의자에 앉았다.

사마세가의 정체가 세상에 드러난 후 얼마나 정신없는 나날을 보냈는지 안색이 송장처럼 핼쑥하다 못해 피골이 상접할 정도로 초췌했다.

"지쳐 보이는구나. 잠은 좀 잤느냐?"

사마용이 걱정스러운 얼굴로 물었다.

"잠을 자려고 해도 도무지 잠이 들지 않습니다. 또 제가 무슨 낯으로 잠을 자겠습니까?"

사마조가 괴로운 표정으로 고개를 저었다. 그는 사마세의 정체가 드러난 것이 자신 실수 때문이라 여기며 매일같이 자책하고 있었다.

"네 잘못이 아니라고 몇 번이나 얘기를 하지 않았느냐? 살황마존의 무공을 익힌 형응을 제거해 풍월의 한쪽 팔을 자르려는 무상의 의도도 나쁘지 않았다. 다만 검존의 무공을 대성했다고 해도 과언이 아닌 무상이 설마하니 그놈에게 당할 줄 예상하지 못한 것이 실책일 뿐이지. 하니 의미 없는 자책은 그만하고 몸을 챙기거라. 그래야 아비와 고모부의 복수를 할 것 아니냐?"

부친과 고모부의 복수라는 말에 사마조는 자신도 모르게 주먹을 쥐었다.

사마조가 마음을 추스를 여유를 준 사마용이 잠시 입을 열었다.

"당령과 북해빙궁에 사람을 보냈다."

"답장이 온 것입니까?"

사마조가 눈을 가늘게 뜨며 물었다.

"아니, 애당초 답장 같은 것은 필요치 않았다. 통보를 했을 뿐이다. 네가 생각하기에 저들이 어찌 나올 것 같으냐?"

사마용의 물음에 잠시 생각을 하던 사마조가 차분한 어조로 대답했다.

"당령은 본 회의 의도대로 움직이리라 봅니다. 풍월과의 원한은 둘째 치고 본 회와의 관계가 폭로되면 사천당가 또한 끝장이니까요. 하지만 너무 무리한 요구는 하지 않는 것이 좋을 것 같습니다. 그년의 성정상 극한 상황까지 몰리면 어떤 판단을 내릴지 감이 오지 않습니다."

"같은 생각이다. 지금 수준 정도만 유지해 달라고 했다. 그 정도만 해도 패천마궁의 움직임을 제어하는 데 충분하니까. 하지만 그 정도로는 부족할까 싶어 패천마궁 쪽에도 적당히 정보를 흘리기로 결정했다."

"정보라면… 아, 당가에서 은밀히 만들었다던 그 괴물들 말씀입니까?"

사마조의 뇌리에 사마세가의 정체가 드러나기 전, 만독방의 무인들을 이용해 당가에서 정체를 알 수 없는 괴물을 만들었다는 보고가 떠올랐다.

"그래, 아직까지는 꼭꼭 숨겨두고 있는 모양인데 언제까지 그럴 수는 없겠지. 기왕이면 제대로 된 물건이 나왔으면 좋겠구나. 패천마궁은 물론이고 무림의 이목을 집중시킬 수 있는 그런 물건이."

사마조는 당령이 만독방에 집착했음을 상기하며 어쩌면 가능할 수 있다는 생각을 했다.

"당가에 비해 북해빙궁은 조금은 미지수다. 놈들이야 당장은 아쉬울 것이 없으니까."

북해빙궁과 개천회가 연수하고 있음은 이미 공공연한 사실이다. 게다가 하북을 차지한 상태였으니 개천회의 요구를 받아들여 무리해서 중원무림을 공략할 이유가 없었다.

"본 회가 무너지면 다음 차례는 자신들이라는 것을 알고 있을 겁니다. 중원무림이 외세를 얼마나 배척했는지 누구보다 잘 알고 있을 테니까요."

"하면 우리의 요구를 받아줄 것이라 보는 것이냐?"

"예, 북해빙궁의 당대 궁주는 야망이 상당한 자입니다. 지금 차지하고 있는 영역을 결코 놓치려 하지 않을 것입니다. 그런 북해빙궁에게 가장 좋은 그림은 중원무림의 혼란이지요. 우리의 요청이 아니더라도 먼저 움직였을 것이라 봅니다."

사마조는 북해빙궁이 개천회에 쏠리는 힘을 분산시키기 위해, 정확히는 중원무림의 혼란을 위해 지금보다 공세를 강화할 것이라 판단했다. 그런 사마조의 예측은 정확했다. 사마세가의 정체가 개천회로 밝혀졌다는 것을 확인한 북해빙궁은 사마용의 전령이 도착하기도 전에 이미 강북무림에 대한 공세를 서서히 강화하는 중이었다.

"그래, 네 판단이 그렇다면 그런 것이겠지."

사마용은 사마조의 판단에 흡족한 미소를 지었다.

"환사도문도 움직이는 것이 좋겠습니다."

"환사도문을? 하면 무당파나 종남, 화산 등이 당가를 돕기가 힘들어진다. 지금이야 주저하고는 있으나 당가의 도움을 받은 입장에서 체면 때문이라도 외면할 수도 없어. 곧 당가를 도와 싸움에 참여하게 될 것이다. 하지만 환사도문이 다시금 모습을 드러내면 싸움을 피할 명분이 생겨."

사마용은 사마조의 말을 이해하지 못하겠다는 표정을 지었다.

"중원무림이 아니라 패천마궁을 상대하기 위해 불러오면 됩니다."

"패천마궁을?"

"예, 애당초 환사도문의 뿌리는 패천마궁, 아니, 천마성입니다. 언제라도 패권을 차지 하기 위해 나설 수 있는 위치지요."

"하지만 그들이 쉽사리 움직이겠느냐? 그들을 움직일 육도마존의 무공은 이미 그들에게 넘어갔다."

사마용이 조금은 회의적인 표정으로 말했다.

"인간의 욕심이란 끝이 없는 법입니다. 육도마존의 무공을 얻었다고 해도 끝은 아니지요. 놈들에게 패천마궁의 패권을

주겠다고 약속하면 됩니다. 아, 기왕이면 천마의 무공도 함께
준다고 하면 되겠네요."

"허! 천… 마의 무공을?"

사마용이 눈을 휘둥그레 떴다.

"예, 패천마궁의 궁주가 천마의 무공을 지녔다는 것은 이제
천하가 다 아는 사실입니다. 패천마궁에 천마의 무공이라면
분명 움직일 것입니다."

"너무 단순하게 생각하는 것 아니냐?"

"조금의 가능성이라도 있으면 일단 시도하고 봐야 할 때니
까요. 만약 저들이 욕심을 부려 패천마궁을 공격해 준다면 이
보다 큰 도움은 없을 겁니다."

"흠, 그렇긴 하다만."

여전히 회의적인 표정을 짓고 있던 사마용이 잠시 후 고개
를 끄덕였다.

"알았다. 네가 원하는 대로 하여라. 다만 막연한 대가만으
론 부족할 것 같으니 우선 눈에 보이는 미끼를 던지자꾸나."

"미끼라면……."

"적룡마존의 무공도 넘겨준다고 하여라. 우선 절반 정도만
보내면 되겠지."

"충분합니다."

사마조가 입술을 질끈 깨물며 말했다.

"하지만 가장 중요한 것은 우리다. 당가는 물론이고 북해빙궁, 환사도문도 우리가 어찌 하느냐에 따라 그 움직임이 달라질 터. 활로를 찾아야 한다. 그 시작을……."

천천히 자리에서 일어난 사마용이 벽면에 붙어 있는 지도를 짚으며 말했다.

"이곳에서 하려 한다."

사마용이 짚은 곳이 무창임을 확인한 사마조의 입에서 나직한 신음이 흘러나왔다.

"그리고 동시에 이곳까지."

사마조의 눈썹이 꿈틀거렸다.

무창에 위치한 남궁세가야 그렇다 쳐도 제갈세가를 공격하는 것은 무척이나 버거운 일이었다. 이미 한 차례 쓴맛을 보기도 했다. 단순히 무력만 따지자면 남궁세가가 열 배는 더 힘든 상대겠지만 제갈세가는 그 무력을 상회하는 온갖 기관진식이 세가를 보호하고 있었다.

패천마궁이 전성기를 구가하던 제일차 정마대전에서도 제갈세가만큼은 공격할 엄두를 내지 못한 이유가 바로 그 때문이었다.

"왜 그렇게 놀라느냐? 제갈세가를 공격하는 것이 무리라고 생각하는 모양이구나."

"그렇습니다. 차라리 형산파나 정의맹의 주축인 혁련세가를 치는 것이 나을 듯싶습니다. 제갈세가는 주변을 에워싸고 있는 기관진식을 파훼하지 못하면 철옹성이나 마찬가지인 곳입니다."

"파훼하면 되지."

"예?"

"네가 무엇을 얻어 왔는지 잊었느냐?"

"무슨 말씀이신지……."

사마용은 대답 대신 의미심장한 웃음을 지으며 사마조가 스스로 생각할 시간을 주었다.

"아! 설… 마 천뇌비록입니까?"

사마조가 불신 가득한 얼굴로 물었다.

"그래, 맞다."

"맙소사! 저도 잠시 살펴보았지만 난해하기가 보통이 아니었습니다. 한데 그 짧은 시간에 해석이 끝난 것입니까?"

"본 가의 두뇌들이 총동원하여 진행한 일이다. 이 정도도 못해내서야 말이 안 되지. 하지만 그럼에도 불구하고 제갈세가 주변에 펼쳐져 있는 모든 기관진식을 완벽하게 무력화시킬 수는 없다고 하더구나. 솔직히 놀랐다. 제아무리 제갈세가라도 천뇌마존이라면 무림사 최고의 천재로 알려져 있는 인물이거늘."

"제갈세가니까요."

다른 말이 필요 없었다. 사마용은 사마조의 한마디에 곧바로 수긍을 했다.

"그래, 제갈세가지. 그래서 반드시 제거를 해야 하고. 해서 대장로와 이장로를 보낼 생각이다. 그리고 개천단까지."

사마조는 개천회 최고의 전투단을 보낸다는 말에 제갈세가의 최후를 직감했다.

"하면 남궁세가는 누가 가는 것입니까?"

"네 큰형이 간다."

"형님이요? 아직 폐관수련이 끝나지 않았다고 들었습니다."

사마조가 깜짝 놀라 되물었다.

"지금이 한가로이 폐관수련이나 하고 있을 때더냐? 동원할 수 있는 모든 힘을 동원하여 위기를 타개할 때다. 이미 사람을 보냈으니 지금쯤이면 이곳으로 돌아오고 있을게다."

"재밌겠네요. 남궁세가에서 세 명의 기재를 배출했는데 그 자들이 형님을 보면 어떤 생각을 할는지 궁금하기도 하고요."

"그에 대한 답은 염라대왕 앞에서 듣게 되겠지. 하지만 그러기 위해선 선행되어야 할 일이 있다. 어디까지 진행이 되었느냐?"

사마용이 날카로운 눈빛으로 물었다. 입가에 지어졌던 미소는 이미 사라지고 없었다.

"충분히 미끼를 던졌으니 조만간 움직일 것입니다."

"중요한 것은 풍월이다. 다른 놈들은 상관이 없으나 놈은 달라. 전력을 기울이지 않으면 감당할 수가 없다. 더불어 막대한 대가를 치러야 하지."

"철저하게 감시를 하고 있습니다. 그의 움직임에 따라 본 회의 병력 또한 유동적으로 움직일 준비가 끝났습니다."

"단순히 미끼일 뿐이다. 최대한 피해를 안기면 좋고 실패해도 상관없는. 아, 그리고 노파심에서 말하건대 미끼가 된 식솔들을 구한다고 무리해서 전력을 낭비하는 일은 절대 없어야 할 것이다."

"……."

어떻게 하면 최대한 많은 식솔들을 피해 없이 구해낼까 연구하던 사마조는 차마 대답을 하지 못했다.

"사사로운 감정은 치워라. 그들은 개천회, 아니, 사마세가를 위해 위대한 희생을 하는 것이다. 알겠느냐?"

"알겠… 습니다."

사마용의 매서운 눈초리에 사마조는 고개를 끄덕일 수밖에 없었다.

*　　　　*　　　　*

"현재 드러난 곳은 세 곳입니다. 하나는 공작산에 위치한 호구채(虎口寨). 대령호(大鈴湖) 동편에 세워진 이화원(梨花院). 마지막으로 승천문(昇天門)입니다."

제갈건의 설명을 듣던 남궁편이 어이가 없는 얼굴로 물었다.

"승천문? 설마 혜산에 있는 승천문을 말하는 건가?"

"그렇습니다."

"허!"

남궁편이 탄식하며 고개를 흔들었다.

"아는 곳입니까?"

풍월이 물었다.

"물론이오. 마련과의 싸움에서 누구보다 열심히 본 가를 도와준 곳이오. 비록 전력이 대단하지는 않았으나 그들의 도움 하나하나가 지금껏 본 가가 버틸 수 있는 원동력이 되었는데……."

남궁편은 극도의 허탈함은 느끼며 입을 다물었다.

"공작산에 위치한 호구채는 녹림십팔채 중 하나입니다. 소문대로 녹림은 개천회의 수족으로 전락한 것이 틀림없습니다. 더불어 가장 공격하기 힘든 곳이기도 합니다. 경계가 심해 정확히 살펴볼 수는 없었지만 공작산 전체에 수많은 기관진식이 깔려 있고 자체적으로도 상당한 전력을 구축하고 있습니다."

제갈건의 말이 끝나기가 무섭게 황천룡의 입에서 욕설이 터져 나왔다.

"버러지 같은 놈들! 결국 녹림의 자존심을 개천회 놈들에게 팔아먹었구나."

녹림의 자존심 운운할 때 곳곳에서 소리 없는 비웃음이 있었으나 내색은 하지 않았다. 비록 녹림 출신이기는 해도 풍월의 일행으로 합류한 순간부터 함부로 대할 수 없는 인물이 되었기 때문이었다. 게다가 전신에서 뿜어져 나오는 기세 또한 한낱 녹림도로 치부하기엔 너무도 강력했다.

"거긴 우리가 가… 갑시다."

평소처럼 소리를 치려던 황천룡이 주변의 시선을 의식하고는 황급히 말투를 바꿨다.

풍월이 피식 웃으며 고개를 끄덕였다.

"그러죠. 우리가 갑시다."

황천룡의 의견을 풍월이 수용함에 따라 호구채에 대한 공략은 패천마궁이 하는 것으로 결정되었다.

"승천문은 본 문에서 맡도록 하겠소이다."

풍월이 목소리의 주인을 향해 고개를 돌렸다.

며칠 전, 패천마궁에 대한 공격을 대대적으로 주장하다 망신을 당한 형산파 장로 진동이었다. 그날의 충격을 아직 완전히 벗어던지지 못했는지 풍월과 시선을 마주치자 움찔하는 모습을 보이긴 했으나 무너진 형산파의 자존심을 찾기 위해 애쓰는 모습이 보였다.

"괜찮으시겠습니까?"

풍월이 남궁편에게 물었다.

"상관없소. 형산파에서 맡아준다니 솔직히 고맙기도 하고."

남궁편이 씁쓸하게 웃으며 말했다. 믿었던 우군에게 당한
충격이 아직 깊게 남은 모습이다.

"이화원에 대한 공격은 우리에게 맡겨주시오."

형산파가 나서자 혁련세가도 밀릴 수 없다는 듯 주소광이
목소리를 높였다.

혁련세가가 나서자 별다른 의견은 없었다. 서문세가가 큰
피해를 당하고 사마세가가 몰락한 지금, 정의맹에서 가장 큰
영향력을 지녔고 또 그만한 힘을 지닌 곳이 혁련세가뿐이기
때문이었다.

개천회의 거점에 대한 주공이 결정되자 곧이어 여러 문파들
이 조공으로 참여를 선언했다.

형산파를 지지했던 세력들은 승천문에 대한 공격을 하고자
했고, 황산진가를 비롯해 정의맹에서 나름 대접을 받고 있던
문파들은 혁련세가를 지원하고자 했다.

다만 호구채 공격에 지원을 하겠다는 세력은 단 한 곳도 없
었다. 같은 목표를 가지고 함께 싸운다고 해도, 아무래도 패
천마궁과 손을 잡아야 한다는 것 자체를 부담스러워하는 것

같았다.

"표정이 왜 그래?"

출발을 하루 앞둔 밤, 형제들과 술잔을 기울이던 풍월이 구양봉을 보며 물었다. 잠시 밖에 나갔다 들어온 구양봉의 표정이 몹시 어두웠기 때문이다.

"무슨 일 있어?"

풍월의 물음에 침묵으로 일관하며 거푸 술을 들이켜던 구양봉이 술잔을 탁 내려놓으며 말했다.

"아무래도 가봐야겠다."

"가? 어디로? 아, 소림사로?"

"그래."

"왜? 무슨 일이라도 있는 거야?"

"북해빙궁 놈들의 움직임이 심상치 않다는 연락이 왔다. 아니, 심상치 않은 정도가 아니라 대대적으로 공격을 시작하는 것 같다나. 연락이 도착하는 시간이 있으니 어쩌면 이미 싸움이 시작됐을지도 모르겠다."

"흠, 역시 그렇군."

풍월은 놀라지 않았다. 이미 이런 일에 대해 몇 번이나 의견을 나누었기 때문이다.

"그래도 생각보다 빠른데. 조금은 상황을 보고 움직일 줄 알았는데."

"최대한 혼란스러운 것이 제 놈들에게도 좋을 테니까. 젠장! 북해무림에서 계속 병력이 충원되고 있는데 우리가 감당할 수 있을지 모르겠다. 감당한다고 해도 얼마나 많은 피를 흘려야 할는지."

구양봉이 한숨을 내쉬자 풍월이 그의 빈 잔에 술을 따랐다.

"그래도 막아야지. 개천회가 날뛰는 상황에서 북해빙궁까지 밀고 내려오면 답이 없어. 그것들이 손을 잡은 것이 확실한 상황에서 어쩌면 최악의 상황으로 몰릴 수도 있고."

"그래, 막아야지."

구양봉이 굳은 표정으로 술을 들이켰다.

"그런데 화 소저도 가는 건가? 형님한테 연락이 왔으면 그녀에게도 연락을 보냈을 것 같은데."

"이미 북상 중이라는 것 같더라. 개천회의 구원 때문이라도 이쪽으로 올 줄 알았는데."

"지금은 개천회보다는 북해빙궁을 막는 것이 더 중요하다고 판단한 거지. 정말 대단해. 대단한 가문이고. 따지고 보면 중원 무림의 평화를 온몸으로 떠받치고 있었던 거야. 개천회의 발호를 제어하면서. 그러니까 잘해봐."

구양봉의 눈이 동그래졌다.

"뭔 소리야? 이야기가 왜 갑자기 이상한 방향으로 흘러?"

"변명은."

"무슨 생각을 하는 건지 대충 감이 오긴 하는데, 아니야. 그러니까 헛소리하지 마라."

구양봉이 정색을 하며 소리쳤지만 풍월은 코웃음을 쳤다.

"아니라고? 입은 귀에 걸리고 눈은 요래 가지고 아니라고 하면 그걸 믿으라는 거야?"

구양봉을 흉내 내는 풍월의 모습에 유연청과 황천룡이 고개를 돌리고 키득거렸다.

"내, 내가 언… 제?"

당황한 구양봉이 벌게진 얼굴로 물었다.

"계속. 그녀를 볼 때마다 그런 표정이었다고, 인간아. 안 그러냐?"

풍월이 형응을 슬쩍 끌어들였다. 구양봉이 매서운 눈초리로 형응을 노려보았다.

"똑바로 말해. 내가 저랬다고?"

술잔을 내려놓고 팔짱을 끼며 의자에 등을 기댄 형응이 천천히 고개를 끄덕였다.

"생각해 보면 확실히 그렇네요. 평소의 형님 모습이 아니었습니다."

"……."

형웅마저 풍월의 의견에 힘을 보태자 구양봉은 아무런 말도 할 수가 없었다. 슬그머니 고개를 떨구고 애꿎은 술만 들이켰다. 그 모양이 또 우스운지 유연청과 황천룡이 웃음을 터뜨릴 때 풍월이 형웅의 옆구리를 꾹 찔렀다.

"네 녀석이 저 인간보다 훨씬 심한 건 알지?"

"예… 에?"

막 술을 들이켜던 형웅이 갑자기 딸꾹질을 했다.

"맞다. 어디 똥 묻은 개가 겨 묻은 개를 나무라? 주 소저에게 아주 넋이 빠져 있더만. 난 얘가 그렇게 멍한 표정을 지을 수 있는지 처음 알았다."

구양봉은 자신에게 향했던 화살이 형웅에게 돌아가자 옳다구나 하는 얼굴로 공격을 해댔다.

"그, 그런… 거 아닙니다."

"흥! 그런 게 아닌데 얼굴은 왜 그렇게 빨개져? 말은 왜 더듬고?"

구양봉이 가소롭다는 듯 물었다.

"이, 이건 술을 마셔서……."

얼떨결에 변명을 한 형웅이 황급히 술을 들이켰다.

"지랄한다."

구양봉의 일갈에 낯빛이 더욱 붉어진 형웅이 고개를 푹 숙였다.

"사람 좋아하는 게 뭐가 잘못이라고 고개를 숙여. 그러다 아예 땅속까지 파고들겠다. 자, 술이나 받아."

풍월이 술병을 들자 슬쩍 고개를 쳐든 형웅이 빈 잔을 내밀었다.

"그래도 넌 형님보다는 상황이 좋아."

뜬금없는 말에 구양봉과 형웅이 동시에 풍월을 바라보았다.

"하오문이 지금 상황이 좋지 않잖아. 열심히 돕다 보면 뭔수가 생기지 않겠냐? 그리고 애당초 하오문이 밑바닥 인생들의 집합체다. 피 묻은 네 손도 잘 잡아주겠지. 하지만 화 소저는……."

풍월이 구양봉의 안색이 확 바뀌는 것을 힐끗 바라보며 말을 이었다.

"수백 년 동안 무림의 평화를 지켜낸 검황의 후계자. 그런데 상대는 거지들의 우두머리."

"야!"

구양봉이 버럭 소리를 질렀지만 풍월은 아랑곳하지 않았다.

"어떨 것 같냐?"

"힘들겠죠."

형웅이 기다렸다는 듯 말했다.

"그래, 상식적으로 어울리지가 않잖아. 검황의 후예, 거지들의 우두머리. 나도 힘들다고 본다."

풍월이 안타깝다는 듯 고개를 저으며 술잔을 들자 형응이 재빨리 잔을 부딪쳐 왔다.

"이것들이 진짜!"

구양봉이 거칠게 콧김을 내뱉으며 상황을 반전시키려 노력해 봤지만 어림도 없었다. 그렇게 구양봉은 밤새도록 풍월과 형응의 안줏감이 되고 말았다.

　　　　*　　　　　　*　　　　　　*

"공격하랏!"

독비단주 당위안의 명이 떨어지자 독비단원들이 비호처럼 내달리기 시작했다. 가장 먼저 담을 넘은 이들이 단숨에 정문을 점령하고 문을 열었다.

문이 활짝 열리자 당령의 주위에 있던 호법들이 코를 벌름거리며 앞으로 나섰다. 또 한 번의 살육을 즐길 수 있다는 생각에서인지 잔뜩 흥분한 모습들이었다.

"잠깐."

당중이 그들의 앞을 막아섰다.

"뭔 짓이냐?"

멸옥에서 풀려난 일곱 명의 호법들 사이에서 은연중 우두머리 역할을 하는 당호규가 당중을 못마땅한 얼굴로 바라보았다.

당중이 외눈에서 뿜어져 나오는 살기에 위축되는 마음을 애써 다잡으며 말했다.

"오늘은 호법들이 나설 필요가 없소."

말투는 나름 정중했다. 가문에 큰 죄를 짓고 축출되다시피 한 호법들이지만 배분으로 따졌을 때 단 한 명도 당중 아래가 없었기 때문이다.

"괜찮겠습니까, 가주? 저것들로는 역부족일 것이오만?"

당호규가 고함을 내지르며 사라지는 독비단의 후미를 힐끗 바라보며 웃었다.

"호법들은 신경 꺼. 오늘은 그대들의 차례가 아니니까."

당호규의 말을 일축한 당령이 당중에게 신호를 보냈다.

의미심장한 얼굴로 고개를 끄덕인 당중이 수신호를 보냈다. 그러자 묘한 분위기를 풍기는 자들이 앞으로 나섰다.

숫자는 대략 오십. 남녀가 섞여 있고 연령대도 다양했는데 머리부터 발끝까지 검은색으로 통일한 그들의 분위기는 음침하다 못해 괴기스럽기까지 했다.

"아, 저것들을 시험하시려는 거군요."

당호규가 이해했다는 얼굴로 물러났다.

양손을 단전 어귀에 모은 채 비스듬히 고개를 숙이고 있는 검은 옷의 사내들을 만족한 얼굴로 바라보던 당령이 하얗게 웃으며 명했다.

"모조리 죽여라."

명이 떨어지자 검은 옷의 사내들이 일제히 움직였다. 이어 터져 나오는 비명은 독비단이 돌입했을 때와는 비교도 되지 않을 정도로 끔찍하고 처절한 것이었다.

"크헉!"

천도림주 초은이 외마디 비명을 지르며 비틀거렸다.

초은이 자신을 향해 걸어오는 상대를 보며 믿을 수 없다는 표정을 지었다.

"마, 만독방주 당신이 어째서……."

초은은 대답을 듣지 못했다. 만독방주 여하근의 공격이 곧바로 이어졌기 때문이다.

그대로 땅바닥을 굴러 공격을 피해낸 초은의 칼이 여하근의 옆구리를 갈랐다.

여하근의 실력을 감안했을 때 이렇듯 쉽게 허점을 노출한다는 것은 믿기지 않는 일. 공격을 하면서도 초은의 얼굴엔 의문이 깃들었다.

날카로운 금속성과 함께 여하근의 옆구리를 파고든 칼이

힘없이 튕겨져 나왔다.

아름드리 거목을 단숨에 자르고 암석을 두부처럼 베어버리는 칼이 고작 인간의 살을 베지 못한 것이다.

'무, 무슨 놈의 몸뚱이가……'

여하근의 반격을 피해 재차 바닥을 구르는 초은의 얼굴은 경악으로 가득했다.

한데 그것이 끝이 아니었다.

바닥을 굴러 여하근의 공격을 피하고 재빨리 일어나던 초은의 몸이 휘청거렸다.

두통과 함께 코와 입에서 갑자기 피가 터져 나왔다.

어지럼을 참지 못하고 비틀거리던 초은은 바닥에 꽂은 칼에 의지하고 나서야 겨우 중심을 잡았다. 그러고는 황급히 옷을 풀어 방금 전, 여하근에게 일격을 허용한 옆구리를 살폈다.

"맙소사!"

초은의 입에서 비명과도 같은 탄식이 터져 나왔다.

단 일격을 허용했음에도 옆구리는 물론이고 온 몸뚱이가 검게 변색되고 있었다.

그때, 무표정한 표정으로 다가오던 여하근이 손을 뻗었다. 하지만 독이 골수에 미친 초은은 이미 움직일 여력이 없었다.

"꺼져랏!"

악에 받친 외침과 함께 초은을 공격하던 여하근이 뒤로 쭈욱 밀려났다.

"괴물 같은 놈들!"

여하근에게 일격을 날리고 초은을 구해낸 사람은 장자 초하회였다. 격전을 치른 것인지 온몸이 상처투성이였는데, 안색이 새까만 것이 그 또한 심각한 독에 중독이 된 것 같았다.

"괜찮습니까, 아버님?"

초하회가 무너지는 초은의 몸을 안아 들며 물었다.

"사, 상황은 어떠냐?"

"좋지 않… 습니다. 괴물… 들입니다. 무기가 전혀 통하지 않습니다. 게다가 내쉬… 는 숨까지 독인 것이… 컥!"

힘겹게 말을 이어가던 초하회의 입이 쩍 벌어졌다.

부릅뜬 눈이 순간적으로 터져 나가며 핏물이 주르르 흘러내렸다.

"하, 하회야?"

초은이 힘없이 자신의 가슴에 얼굴을 묻는 아들의 몸을 간신히 잡아 세우며 흔들었다. 절명한 초하회의 입에선 아무런 말도 흘러나오지 못했다.

초은의 시선이 아들의 심장을 관통한 손으로 향했다. 목적을 달성한 손이 아들의 심장을 움켜쥐고 빠져나갔다.

초은의 시선이 위로 향했다.

초하회의 심장을 뭉개 버린, 여운교의 피 묻은 손이 그의
얼굴로 다가오고 있었다.

제111장

뒤통수를 치다

"놈들의 움직임은?"

주소광이 이화원을 공격하기에 앞서 파견했던 정찰조를 불러 물었다.

"조용합니다. 딱히 별다른 움직임은 없습니다."

"인원 변동은?"

"가끔 한두 명씩 오가고는 있지만 처음 그대로입니다."

"얼마나 모여 있다고 했지?"

혁련세가의 대장로 혁련수가 주소광에게 물었다.

"제갈세가 쪽에서 전해온 바에 따르면 백오십 남짓입니다."

"흠, 많지는 않군."

혁련수가 가볍게 고개를 끄덕였다.

부담되는 숫자는 아니었다. 서문세가에서의 실수를 만회하기 위해 혁련세가에서 새롭게 움직인 제자들의 숫자만 오십이었고, 기존 정의맹에 파견되어 있던 인원들까지 합친다면 그 수가 백을 넘어간다.

거기에 황산진가를 비롯해 수많은 군소문파들이 참여를 한 덕에 이화원 공격을 위해 집결한 군웅들의 수는 무려 사백여 명.

속된 말로 압살을 할 수 있을 정도의 숫자였다.

"곧바로 공격을 하는 것이 어떨까요? 지금쯤이면 놈들도 우리의 존재를 눈치챘을 겁니다."

주소광의 의견에 혁련수가 고개를 끄덕였다.

"노부도 같은 생각이네. 이 정도 인원을 가지고 굳이 밤을 기다릴 필요는 없지. 정면으로 치고 가세."

"바로 전달하겠습니다."

주소광이 전령을 불러 뒤를 따르는 각 세력의 수장들에게 혁련세가의 의도를 전하고 있을 때, 혁련수의 시선은 멀리 보이는 이화원에 고정되어 있었다.

"쥐새끼 같은 놈들. 그동안 잘도 숨어 다녔다만 오늘부로 끝장이다."

　　　　　*　　　　　　*　　　　　　*

　"도착했다고?"

　이화원을 공격하는 혁련세가를 공격하기 위해 대기하고 있던 구장로 육잠이 땀을 흘리고 있는 전령에게 물었다.

　"예, 빠르면 반 시진 이내에 공격이 시작될 것 같다고 합니다."

　"허! 그렇게나 빨리? 몇 놈이나 몰려온 것이냐?"

　"대략 사백 정도 되는 것 같습니다."

　"사백? 많군. 하긴 그러니 밤을 기다릴 필요도 없이 바로 공격을 하려 하겠지. 숫자만 믿고 너무 자신감이 넘치는군."

　육잠이 가소롭게 웃었다.

　"패천마궁의 움직임은 확인했느냐?"

　"예, 여전히 호리채로 향하고 있다고 합니다."

　"그렇군."

　크게 고개를 끄덕인 육잠이 낮잠을 청하다 웅성거리는 소리에 잠이 깨 다가오는 중년인, 십일장로 장소춘에게 소리쳤다.

　"아직 팔팔한 놈이 무슨 낮잠을 그리 자느냐?"

　"평생을 그리 살아오다 보니 어쩔 수가 없소. 딱 이 시간만 되면 병든 닭처럼 고개가 저절로 처지니 나보고 어쩌란 말이오."

장소춘이 고개를 까딱거리며 민망한 웃음을 지었다.

"쯧쯧, 잠자는 시간을 조금만 줄여 수련에 매진했다면 천하제일인이 됐을 거라는 대장로 말씀이 비로소 이해가 가는구나."

"흐흐흐! 내겐 천하제일인이란 거창한 칭호보다는 잠자는 시간이 더 소중하오. 아무튼 진영이 떠들썩한 걸 보니 놈들이 도착한 모양이오."

"도착했어. 반 시진 이내면 공격이 시작될 것 같다는군."

"반 시진이면 우리도 슬슬 이동을 해야 할 것 같은데."

"이동해야지. 동검단주."

육잠의 부름에 이미 대기하고 있던 동검단주 등홍이 달려왔다.

"예, 장로님."

"기다리느라 고생했다. 자, 이제 움직이자."

"알겠습니다."

눈을 번뜩이며 고개를 숙인 등홍이 살짝 뒤로 물러나며 몸을 돌렸다.

"동검단!"

등홍의 우렁찬 외침이 주변을 뒤흔들었다.

"출진이다!"

　　　　　*　　　　　　*　　　　　　*

"정문을 뚫었습니다."

혁련승의 말에 혁련수가 느긋하게 고개를 끄덕였다.

"시간 끌 것 없다. 단숨에 몰아쳐서 끝장을 내거라."

"예."

힘찬 대답과 함께 물러나 혁련승이 대기하고 있던 식솔들을 이끌고 정문으로 뛰어들었다.

선봉에서 정문을 뚫고 들어간 황산진가에 이어 혁련세가까지 본격적으로 움직였다. 그러자 공격 준비를 마치고 기다리고 있던 군소문파의 무인들이 일제히 이화원으로 진입을 시작했다.

"생각보다 저항이 미약합니다. 금방 끝날 것 같습니다."

주소광이 약간은 실망했다는 듯 말하자 혁련수가 미간을 찌푸렸다.

"그래도 개천회네. 어떤 수작을 부릴지 모르니 긴장을 늦추지 말게."

"알겠… 습니다."

혁련수의 질책 어린 말에 낯빛을 붉힌 주소광이 천천히 몸을 돌렸다. 앞에선 수긍을 했지만 혁련수의 말을 전혀 받아들이지 못하겠다는 표정이었다.

'흥! 세가에서만 머물더니 형세 판단도 제대로 하지 못하는 군. 이미 끝난 싸움인 것을.'

바로 그때였다.

"컥!"

"으악!"

"적이다!"

후미에서 난데없는 비명이 들려왔다.

'적? 적이라니!'

고개를 돌리는 주소광의 얼굴이 당혹감으로 물들었다.

당황하긴 혁련수도 마찬가지였으나 그의 대처는 주소광보 다 빨랐다.

비명이 들리는 것과 동시에 후미로 몸을 날린 혁련수는 기 습을 한 동검단의 숫자를 재빨리 파악했다.

"당황하지 마라! 적의 숫자는 얼마 되지 않는다."

어느새 검을 빼 든 혁련수가 동검단의 앞을 가로막으며 소 리를 질렀다.

주변을 살피는 혁련수의 표정이 딱딱하게 굳었다.

기습을 한 적의 숫자가 많지는 않았지만 생각보다 상황이 좋지 않았다. 그 짧은 시간에 벌써 열 명도 넘는 인원이 당했 다.

'대단하다.'

혁련수는 야수처럼 달려들어 아군을 공격하는 동검단원들의 움직임에 절로 감탄을 했다. 움직임이 여타 군소세력의 무인들은 물론이고 혁련세가의 정예들을 훨씬 뛰어넘는 수준이었다.

"개천회 놈들입니다."

주소광이 어깨를 나란히 하며 소리쳤다. 너무도 뻔한 소리에 혁련수는 순간 욕지거리를 내뱉을 뻔했다.

"그걸 누가 모르나? 문제는 어째서 우리가 모르는 자들이 이곳에 있느냐일세."

"그건……"

면박을 당한 주소광이 말끝을 흐릴 때 혁련수는 이미 동검단을 향해 몸을 날렸다.

파스스슷!

날카로운 파공성과 함께 사방에서 검이 날아들었다.

혁련수는 혁련세가의 독문검법인 비룡승천검법(飛龍昇天劍法)을 펼치며 자신을 노리고 짓쳐 드는 검을 모조리 쳐낸 뒤 역공을 펼쳐 세 명의 적들을 베어버렸다.

혁련수가 기세를 올리는 사이, 주변에선 그 몇 배나 되는 인원이 허무하게 쓰러졌다. 특히 다른 문파들의 제자보다 월등히 뛰어난 혁련세가의 무인들이 집중적으로 공략을 당하며 쓰러지자 혁련수의 분노가 머리끝까지 치솟았다.

"버러지 같은 놈들! 노부에게 덤벼라! 모조리 베어주마!"

혁련수의 사자후가 전장을 쩌렁쩌렁 울렸다.

노도처럼 적들을 쓸어가던 동검단원들이 움찔할 정도였다.

"원한다면 그리해 주지."

혁련수의 외침이 끝나기도 전, 육잠이 아비규환으로 변한 전장 한가운데를 가로지르며 걸어왔다.

육잠보다 반보 떨어진 곳에서 걷는 장소춘의 태도는 산보라도 나온 듯 느긋하기만 했다.

"누구냐, 네놈은?"

혁련수가 싸늘한 표정으로 물었다. 육잠의 범상치 않은 기운을 느낀 것인지 살짝 긴장하는 모습이었다.

"육잠."

"육잠?"

들어보지 못한 이름이다. 혁련수가 고개를 갸웃거릴 때 이화원으로 진입하려다 후미의 변고를 듣고 달려온 혁련승이 피가 나도록 입술을 깨물며 소리쳤다.

"그 노괴입니다, 큰할아버님. 천마동부 앞에서 당숙의 목숨을 빼앗은 바로 그 노물!"

순간, 혁련수의 눈빛에서 어마어마한 살기가 폭사되었다.

"큰아이의 목숨을 빼앗은 놈이 바로 네놈이었더냐?"

"글쎄, 워낙 많은 놈들을 베어서 누군지는 모르겠네. 뭔가 특출난 놈이라면 모를까, 하나같이 병신들이라서 딱히 기억나는 놈도 없다."

육잠의 비웃음에 혁련수는 오히려 냉정해졌다.

눈앞의 적은 감정만 앞세워 상대해선 결코 쓰러뜨릴 수 없는 강자라고 본능이 경고하고 있었다.

"호! 늙은이가 제법이군."

활화산처럼 들끓던 혁련수의 기운이 얼음처럼 차갑게 식어버린 것을 느낀 육잠. 그의 태도도 조금은 진지해졌다.

이길 자신은 당연히 있었다. 하나, 혁련수 같은 자를 상대로 찰나의 방심이 어떤 결과를 가져올 수 있는지 너무도 잘 알고 있기 때문이었다.

육잠이 도끼를 꺼내 들자 혁련수는 숨이 막힐 듯한 압박감을 느꼈다.

'오초를 버티지 못했다고 했던가?'

혁련세가 최고의 기재로 꼽히는 아들이 어째서 그렇게 쉽게 목숨을 잃었는지 비로소 느낄 수 있었다.

"재밌는 상대를 뺏겼네."

혁련수를 바라보며 입맛을 다신 장소춘이 동검단을 공격하고 있는 주소광을 향해 검을 뺐었다.

단지 검을 겨눈 것뿐임에도 한쪽 무릎을 꿇고 있는 동검단원의 목을 날리려던 주소광이 기겁하며 몸을 틀었다.

역습을 경계하며 적을 찾는 주소광의 눈에 의문이 깃들었다. 분명 가공할 살기를 느끼고 몸을 뺐음에도 그 어디에서도 적은 보이지 않았다.

사방으로 눈을 돌리던 중 십 장 밖에서 웃고 있는 장소춘의 모습이 보였다.

장소춘의 입가에 걸린 미소를 보며 주소광의 눈빛이 크게 흔들렸다.

"설마, 네놈이냐?"

장소춘은 대답 대신 잠시 내렸던 검을 다시금 그에게 겨누었다. 주소광은 방금 전 느꼈던 살기가 엄습하는 것을 느끼며 숨을 크게 들이켰다. 어쩐지 쉬운 싸움이 될 것 같지 않은 불길한 예감이 들었다.

*　　　　　*　　　　　*

꽝!

"그게 무슨 소리야? 패천마궁이 사라지다니!"

탁자를 후려친 사마조가 불같이 화를 내며 소리쳤다.

"패, 패천마궁이 아니라 풍월, 그자가 사라졌다고 합니다."

문상 직속, 즉 군사부에 속한 요원이 쩔쩔매며 말했다.

"자세히, 자세히 말해봐라."

사마중이 수하를 달래며 물었다.

"호, 호리채로 향하는 패천마궁을 감시하는 요원의 연락에 의하면 패천마궁의 병력이 호리채로 향하는 것은 틀림없다고 합니다. 한데 궁주인 풍월과 형응을 비롯해서 몇몇 놈들이 보이지 않는다는 보고입니다."

"언제부터?"

"그것이 명확하지 않다고 합니다. 현재 교차로 감시를 하는 체제인데, 올라오는 보고마다 그 시간이 엇갈리고 있습니다."

"그래도 공통적인 시간이 있을 것 아냐?"

사마중이 답답하다는 얼굴로 물었다.

"그, 그것이……."

황급히 머리를 굴리던 요원이 곧바로 입을 열었다.

"확실한 것은 최소한 하루 전부터는 확인이 되지 않는다는 것입니다."

"병신들 같으니! 그런 중요한 사안을 어째서 지금에서야 보고를 한단 말이냐?"

사마조가 화를 참지 못하고 소리쳤다.

"진정하십시오, 형님. 다른 곳과는 달리 접근 자체가 힘든 놈들이라는 걸 형님도 아시잖아요. 이만한 정보를 얻는 것도 다들 목숨 걸고 노력한 결과라는 것을요."

사마증이 금방이라도 폭발할 것 같은 사마조의 팔을 억지로 잡으며 달랬다.

"알지. 알지만……."

사마조라고 모르지 않았다. 패천마궁을 감시하는 요원들의 목숨이 가장 많이 사라지고 있다는 것을. 하지만 그럼에도 불구하고 풍월의 행방을 놓친 것은 용납할 수 없는 실수였다.

지그시 눈을 감고 몇 차례 심호흡을 하며 마음을 다잡은 사마조가 벌떡 일어나며 말했다.

"지도를."

사마조의 외침에 사마증이 기다렸다는 듯 지도를 펼쳤다.

"하루 전이라면 대충 이곳이다."

사마조가 지도의 한 점을 손가락으로 짚었다. 그러고는 원을 그리듯 손가락을 움직였다.

"그곳에서 하루, 혹은 이틀 정도에 이동할 수 있는 곳은……."

사마조의 손가락이 멈췄다.

손가락이 가리키는 곳을 본 사마조와 사마증의 낯빛이 창백하게 질렸다.

맥이 빠진 사마조가 털썩 주저앉으며 힘없이 중얼거렸다.

"이화… 원."

　　　　*　　　　　*　　　　　*

"크헉!"

고통스러운 신음과 함께 혁련수의 몸이 휘청거렸다. 뒷걸음
질 치는 그의 가슴에서 선홍빛 피가 뿜어져 나왔다.

"충분히 즐거웠다, 늙은이. 하지만 이제 조금 지겹군."

육잠이 핏물이 줄줄 흐르는 도끼를 휘휘 내저으며 웃었다.

"닥쳐랏! 아직 끝나지 않았다. 네놈의 목을 반드시 따주마."

혁련수가 검을 움켜쥐며 이를 부득 갈았다.

"자신감은. 안 되는 걸 알면서도 허세를 부리는 이유를 모
르겠네. 아무튼, 모가지가 날아가고도 그런 헛소리가 나오는
지 보자고."

육잠이 혁련수를 향해 움직였다.

혁련수 역시 육잠을 향해 한 걸음을 움직였다.

서로의 날카로운 시선이 허공에서 얽히는 순간, 육잠의 도
끼가 혁련수의 머리를 찍어왔다.

거대한 풍압을 일으키며 짖쳐 드는 도끼를 피해낸 혁련수
가 왼쪽 방향으로 이동을 하더니 비룡승천검법의 절초를 사
용했다.

"쌍룡토화(雙龍吐火)!"

이글거리는 화염을 품은 검이 육잠의 옆구리를 향해 폭사

되었다.

"제법!"

가소롭다는 듯 웃은 육잠이 왼발을 빙글 돌리며 몸을 틀고 도끼를 사선으로 휘둘렀다.

도끼의 움직임을 따라 반월 모양의 강기가 발출되며 혁련수의 공격을 흔적도 없이 소멸시켰다.

전력을 다한 공격이 너무도 쉽게 무력화되자 혁련수의 얼굴에 당황하는 기색이 역력했다.

"아직도 정신을 못 차렸군. 그런 공격으로는 나를 어찌하지 못한다고."

육잠의 비웃음에 혁련수는 심장이 터질 것 같았다. 아들을 죽인 원수다. 목을 베어 아들의 원한을 풀어주지는 못할망정 참기 힘든 모욕을 받으니 견디기가 힘들었다.

혁련수가 그대로 몸을 날렸다.

정상적인 공격으론 육잠의 강력한 방어막을 뚫지 못한다는 것을 뼈저리게 느꼈기에 공격의 궤를 달리했다.

혁련수의 검이 빠르게 움직였다.

다소 과장된 움직임. 온갖 허초가 허공을 수놓았다.

육잠의 눈에 당황하는 기색이 비쳤다. 움직임도 조금은 어지러워진 것 같았다.

'됐다.'

자신의 의도가 통했다는 생각에 회심의 미소를 띤 혁련수가 육잠의 우측으로 파고들었다.

육잠이 뒤늦게 반응을 했지만 혁련수가 조금 더 빨랐다.

혁련수가 온 힘을 다해 검을 휘둘렀다. 뒤는 없다. 그는 이 한 번의 공격에 목숨을 걸었다.

화염을 품은 검이 육잠의 옆구리를 베어갈 때 혁련수의 시선이 육잠의 얼굴로 향했다.

허리를 끊어버리는 순간, 고통으로 일그러지는 육잠의 표정을 보기 위함이었다.

혁련수의 시선이 육잠의 눈과 마주쳤다. 뭔가 이상했다. 육잠의 눈에는 당황이나 분노, 절망은 찾아볼 수가 없었다.

먹잇감을 노리는 맹수의 눈빛이다.

눈동자는 살기로 번들거리고 살짝 올라간 입꼬리엔 비웃음이 스쳐 지나갔다.

'함… 정?'

생각보다 몸의 반응이 빨랐다.

위험을 느낀 혁련수가 본능적으로 몸을 틀며 공격을 거둬들이려 했다. 하나 육잠은 이를 용인할 생각이 없었다.

"도망을 치려고? 어림도 없어, 늙은이!"

차가운 외침과 함께 육잠이 던진 도끼가 물러나는 혁련수를 향해 날아갔다.

맹렬히 회전하며 빛살처럼 날아드는 도끼를 향해 필사적으로 검을 휘두르는 혁련수.

가공할 힘이 담긴 도끼는 혁련수의 검을 흔적도 없이 날려 버리더니 가슴 한복판에 깊숙이 박혔다.

도끼의 힘을 이기지 못한 혁련수의 몸이 삼 장이나 날아가 처박혔다.

"으으으으!"

가슴에 박힌 도끼를 부여잡고 억지로 몸을 일으키는 혁련수의 입에서 처절한 신음이 흘러나왔다.

느긋한 걸음걸이로 다가간 육잠이 힘없이 쓰러진 혁련수의 몸 위에 다리를 올리곤 가슴에 박힌 도끼를 천천히 잡아 뺐다. 도끼가 움직일 때마다 검붉은 피가 뿜어져 나왔다.

"먼저 가지 말고 잠깐 기다리라고. 다들 금방 보내줄 테니까."

육잠은 마지막 순간까지 조소를 보냈다. 이미 숨이 끊어진 혁련수는 다행히 그의 말을 듣지 못했다.

고개를 좌우로 돌리며 승리의 쾌감을 만끽한 육잠이 전장으로 시선을 돌렸다.

혁련수와 함께 혁련세가를 이끌던 주소광은 장소춘의 공격에 만신창이가 되어 쓰러져 있었다. 간신히 숨은 붙어 있었지만 살아도 산 것이 아니었다.

"빨리 정리해라."

육잠이 외치듯 말했다. 딱히 누구에게라고 할 것도 없었다. 그의 말을 들은 동검단의 공세가 한결 매서워졌다.

혁련세가가 주축이 된 군웅들과 비록 개천회에선 네 번째 서열에 있는 동검단이지만 애당초 싸움이 될 수가 없었다.

혁련세가의 무인들이 나름 뛰어난 실력을 지녔다고는 하나 동검단에 비할 바가 아니었고, 그 외 문파들의 제자들과는 확연한 실력 차가 있었다.

게다가 그렇잖아도 힘겨운 싸움을 하고 있던 군웅들은 혁련수와 주소광이 쓰러지면서 급격히 무너져 내렸다.

혁련승이 어떻게든 버텨보려고 노력했지만 그 또한 동검단주 등홍의 공격으로 한쪽 팔을 잃은 채 패퇴하고 말았다.

혁련수와 주소광을 쓰러뜨린 육잠과 장소춘은 더 이상 움직이지 않았다. 그저 동검단만이 대주 등홍의 지휘 아래 군웅들을 무차별적으로 학살하고 있었다.

"크헉!"

"아아악!"

등홍의 검이 움직일 때마다 그의 앞을 막아서던 군웅들이 외마디 비명과 함께 허무하게 쓰러졌다.

'아, 안 돼!'

등홍에게 팔을 잃고 잠시 물러났던 혁련승의 창백한 얼굴에 절망감이 깃들었다. 상황이 좋지 못해도 너무 좋지 못했다. 안쪽으로 진입한 황산진가에 급히 연락을 취했지만 별다른 소식이 없는 것을 보면 그들 역시 그리 좋지 않은 상황을 맞이한 것 같았다.

'우리를 기다리고 있었다. 함정에 빠졌어.'

싸움이 시작된 지 고작 일각여, 그 많던 인원은 이제 절반도 남지 않았고 그마저도 급격히 줄고 있었다.

너무도 완벽한 패배에 분노보다는 오히려 허탈감이 밀려들었다.

혁련승이 검을 들었다. 좌우에서 그를 말렸지만 물러설 곳도 없었다.

"끝을 보자."

혁련승이 등홍에게 검을 겨누며 소리쳤다.

"꽁무니를 뺄 때 이미 끝난 것 아닌가? 어쨌건 원한다니 들어주지."

피식 웃은 등홍이 매섭게 검을 휘둘렀다.

살기로 번들거리는 눈빛, 전신에서 피어오르는 귀화에 압도당한 혁련승은 제대로 반격도 해보지 못하고 연신 뒷걸음질만 쳤다.

정상적인 몸으로도 감당하지 못해 팔을 잃을 정도였으니 한쪽 팔을 잃은 지금은 상대 자체가 되지 못했다.

등홍의 검이 움직일 때마다 상처가 늘었고 사방에서 피가 솟구쳤다.

혁련승이 검을 놓치더니 결국 주저앉고 말았다.

"츳, 고작 이 정도 실력을 가지고."

등홍이 실망스러운 표정으로 검을 휘둘렀다.

죽음을 직감한 혁련승이 지그시 눈을 감았다.

뜨거운 기운이 얼굴을 적셨다.

혁련승은 그것이 자신의 피라고 여겼다. 한데 뭔가 이상했다. 고통도 없고 정신도 멀쩡했다.

얼떨결에 눈을 뜬 혁련승의 눈에 심장이 뻥 뚫린 채 비틀거리는 등홍의 모습이 들어왔다.

믿을 수 없다는 듯 부릅뜬 눈으로 뭐라 말을 하려던 등홍은 결국 짧은 신음을 흘리곤 그대로 고꾸라졌다.

이해할 수 없는 것은 혁련승 또한 마찬가지였다. 그는 자신에게, 등홍에게 무슨 일이 벌어진 것인지 알 수가 없었다.

땅에 떨어진 검을 잡고 억지로 몸을 일으켰다. 그런 혁련승의 눈앞에 실로 놀라운 광경이 펼쳐져 있었다.

등홍의 뒤, 그토록 매섭게 군웅들을 몰아치던 동검단원들이 시신이 되어 즐비하게 늘어섰다. 어림잡아 보아도 대략 스무 명이 넘는 인원이었다.

등홍과 마찬가지로 심장에 커다란 구멍이 뚫려 쓰러진 이들. 그들과 상대하던 군웅들 또한 멍한 눈으로 이리저리 고개를 돌렸다.

'대, 대체 무슨 일이……'

혁련승이 경악스럽단 눈길로 주변을 살필 때, 멀리서 점 하나가 날아들었다. 그 점이 검이라는 것을 확인했을 때 검은 이미 그의 곁을 지나고 있었다.

혁련승이 홀리듯 검을 따라 시선을 돌렸다. 그의 고개가 채 반도 돌아가기 전, 그를 부르는 소리가 들렸다.

"괜찮습니까?"

목소리의 주인을 알아본 혁련승의 눈이 급격하게 커졌다.

"어, 어떻게……."

상상도 할 수 없는 인물이었다. 무엇보다 그는 결코 이곳에 있을 수는 없는 인물이었다.

"서두른다고 서둘렀는데 조금 늦었습니다."

혁련승의 숨통을 끊으려는 등홍과 그의 수하들을 이기어검으로 날려 버린 풍월이 미안한 표정을 지었다.

"푸, 풍월 궁주께서 어떻게 이곳에……."

긴장이 풀린 것인지 혁련승이 말을 끝맺지 못하고 비틀거렸다.

"놈들이 함정을 팔지도 모른다는 소식을 듣고 달려왔습니다."

"아!"

혁련승의 입에서 절로 탄성이 터져 나왔다. 동시에 안타까웠다. 조금만, 조금만 더 빨리 도착했어도 혁련수는 물론이고 수많은 군웅이 목숨을 잃지 않을 수도 있다는 생각이 들었다.

안타까워하는 혁련승의 표정을 보며 풍월은 마음이 무거웠다. 혁련세가와 군웅들에게 벌어진 참사를 막으려면 막을 수 있었기 때문이다.

그의 뇌리에 정의맹을 떠나기 전 제갈건과 나누었던 말이 떠올랐다.

"함정인 것 같습니다."

제갈건의 말에 풍월이 눈을 동그랗게 뜨며 되물었다.

"함정이라니요?"

"개방의 제자들이 실패했습니다. 매혼루의 살수들도 실패했지요. 솔직히 그들의 실력은 본 가의 요원보다 뛰어납니다. 한데 개방과 매혼루가 실패했는데 본 가의 요원들이 개천회의 흔적을 찾아냈다는 것은 아무래도 이해가 되지 않습니다."

"하면 일부러 흘렸다고 생각하는 겁니까?"

"예, 확신할 수는 없지만 그럴 가능성이 높다고 봅니다."

"흔적을 노출시키고 역으로 함정을 판다?"

"예, 하지만 다는 아닙니다. 놈들은 궁주님과의 충돌을 절대 피하려 할 것입니다. 아마도 패천마궁이 공격하는 곳은 버리는 패로 활용할 가능성이 크고, 다른 곳을 노리려 하겠지요."

"함정이라면 기존에 노출된 자들 외에 다른 놈들도 나서겠군요."

"그럴 가능성이 높습니다."

"어찌해야 합니까?"

"현 상황에선……."

제갈건은 함정일 가능성이 높다는 걸 알면서도 일단 입을 다물었다. 군웅들에게 이 사실을 알리면 틀림없이 노출이 될 것이라 여긴 것이다. 그렇게 비밀을 유지한 채 출격을 한 풍월은 하루 전, 패천마궁을 이탈하여 이화원으로 달려왔다.

승천문 대신 이화원을 선택한 것은 승천문보다는 이화원이 호구채를 공격하기 위해 이동하는 패천마궁과 훨씬 가까운 동선에 있었기 때문이다.

승천문엔 공격하기 직전, 함정일 가능성을 통보하고 공격을 멈추라 할 요량이었다.

한데 변수가 생기고 말았다.

혁련세가와 군웅들이 예상보다 훨씬 빠른 시간에 이화원을 공격한 것이었다. 고작 이각이었다. 그 이각의 서두름으로 인해 사백 명이 넘는 군웅 중 절반이 넘는 인원이 목숨을 잃은 것이다.

풍월의 등장과 함께 싸움은 멈췄다. 당연했다. 단 한 번의 공격으로 단주 등홍을 비롯해 동검단 인원의 삼분지 일이 날아간 순간, 피아 구분 없이 기겁하며 물러난 것이다.

"오랜만이다, 노물."

풍월이 육잠을 향해 발걸음을 옮기며 웃었다.

제갈건의 말대로 노출되지 않은 개천회의 병력을 만날 것이라 예상을 했지만 설마하니 육잠을 만나게 될 줄은 몰랐다. 천마동부 앞에서 군웅들을 살육하던 육잠의 모습을 떠올리자 절로 피가 끓었다.

"네, 네놈이 어떻게 이곳에 있느냐?"

육잠이 마치 귀신을 본 듯한 얼굴로 물었다.

"당신들이 이곳에 있는 이유하고 같은 거지. 역으로 함정을 팠다고나 할까."

풍월의 비웃음에 육잠의 얼굴이 무참히 일그러졌다.

"잘됐어. 이참에 옛날 빚도 갚을 수 있고 말이야."

풍월이 묵뢰를 흔들며 웃었다.

"네놈 뜻대로는 되지 않을 것이다."

육잠이 도끼를 움켜쥐며 으르렁거렸다.

"이자는 내게 맡기는 것이⋯⋯."

소문으로만 듣던 풍월의 등장에 눈을 반짝거리며 두 사람 사이로 끼어들던 장소춘이 흠칫 놀라며 고개를 돌렸다.

그의 앞, 어느새 다가온 형응이 차갑게 웃으며 서 있었다.

*　　　　*　　　　*

"뭐라? 함정?"

형산파 장로 진동이 미간을 찌푸리며 물었다.

"예, 아무래도 개천회에서 함정을 판 것 같다는 전갈입니다. 공격을 멈추고 상황을 지켜보는 것이 좋겠다는 의견을 전해왔습니다."

진동의 제자 소방이 진동의 눈치를 살피며 말했다.

"누가 보낸 것이라고 하더냐?"

"제갈세가의 이름으로 왔다고 합니다."

"제갈세가? 하면 제갈건인가 하는 그 애송이가 보낸 것이구나."

"그런 것 같습니다."

"흥! 우리가 그런 애송이의 말을 따라야 할 이유는 없다."

승천문에 대한 공격을 제대로 성공시켜 정의맹에서 풍월에게 당한 망신을 상쇄하고 싶은 진동은 확실한 것도 아니고 그저 함정일지 모른다는 추측 따위로 인해 공격을 멈출 이유가 없다고 생각했다.

"하지만, 사부님. 다른 이들의 의견도 들어보시는 것이 좋겠습니다. 혹여라도 나중에 말이 나올까 두렵습니다."

"사제의 말이 맞는 것 같습니다, 사숙. 본 문이 승천문에 대한 공격을 책임지고 있지만 저들 역시 한 손을 거들고 있습니다. 설사 의견을 반영하지 않더라도 의견을 물어보는 것이 나을 듯싶습니다."

현 형산파 문주의 직계제자이자 창검단을 이끌고 있는 풍환까지 소방의 말을 거들고 나서자 진동도 마냥 고집을 피울 수는 없었다.

"알겠다. 하면 각 문파의 수장들을 불러와라. 아니, 우선 제갈세가의 요원을 만나보자꾸나."

한발 물러난 진동을 보며 안도의 한숨을 내쉰 소방이 부리나케 달려가 후미에서 따르고 있던 각 문파의 수장들에게 전체 회의가 있다는 통보를 했다. 그사이 진동은 승천문을 감시하던 비웅단 요원을 만났다.

"고생이 많군."

"아닙니다."

비웅단 제갈표가 공손히 허리를 숙였다.

"얘기는 들었네. 함정일 가능성이 많다고?"

"그렇게 판단하시는 것 같습니다."

"자네 생각은 어떤가?"

"예?"

"승천문을 지켜보고 있지 않았나? 함정일 가능성이 있느냐는 말일세."

진동의 물음에 제갈표는 쉽게 대답하지 못했다. 그의 입장에선 본 가, 정확히는 제갈건의 의견을 반박하기란 꽤나 부담스러운 것이었다.

"그럼 다시 묻지. 승천문에 숨어 있는 개천회 놈들의 숫자는 얼마나 되는가?"

"저희가 판단한 바로는 대략 백 명 남짓입니다."

"그동안 변화가 있었나?"

"큰 변화는 없었습니다."

"마지막으로 하나만 더 묻지."

진동은 각 문파의 수장들이 도착한 것을 의식하며 보다 진중한 목소리로 입을 열었다.

"자네들이 승천문만 감시하지는 않았을 터. 주변에 수상한 움직임이 있던가? 혹여 의심스러운 무리의 출현이나 움직임이라던지."

잠시 생각하던 제갈표가 고개를 저었다.

"모든 지역을 확인할 수는 없었지만 저희들이 살피는 지역

내에선 그런 움직임은 없었습니다."

"확실한가?"

"그렇습니다."

"알았네. 고맙네. 이만 물러가도 좋네."

원하는 대답을 얻은 진동이 기분 좋은 미소와 함께 제갈표를 물렀다.

제갈표가 물러나고 수장들이 참여하는 회의가 열렸다. 그들에게 제갈건이 보내온 경고와 당부가 전해졌지만, 제갈표와 진동의 대화를 모두가 들은 상황에서 이미 흐름은 결정된 것이나 다름없었다.

더구나 승천문 공격의 주축이라 할 수 있는 형산파가 공격을 주장한 상태에서 딱히 반대할 만한 사람도 없었다.

"그럼 곧바로 공격을 시작합시다. 선봉은 본 문이 맡겠소이다. 모조리 쓸어버립시다!"

진동이 거침없이 외치자 다들 환한 웃음을 지으며 동의를 했다.

하지만 그날, 호기롭게 승천문을 공격했던, 형산파를 필두로 열두 문파의 제자들은 비응단의 눈을 피해 완벽하게 숨어 있던 개천회의 무인들에게 몰살을 당하고 말았으니 그 인원이 무려 삼백을 넘었다.

"공격하랏!"

동검단 부단주 청공의 외침에 살아남은 동검단원들이 일제히 풍월을 향해 달려들었다. 정작 풍월이 노리고 있는 육잠은 수하들의 뒤로 몸을 뺐다.

실소를 내뱉은 풍월이 묵뢰를 들었다. 그의 전신에서 무시무시한 기운이 쏟아져 나오기 시작했다.

풍월과 직접적으로 마주한 청공의 안색이 하얗게 질렸다.

상대가 얼마나 대단한 고수인지는 귀에 딱지가 내려앉을 정도로 들었다. 아니, 듣지 못했다고 하더라도 이미 몸이 느끼고 있었다.

그래도 혹시나 하는 마음이 있었다. 풍월을 향해 사방에서 달려드는 동검단의 수가 무려 삼십이다. 물론 승리를 자신한 것은 아니다. 다만 육잠과의 대결에 앞서 어느 정도는 힘을 빼놓을 수 있을 것이라 여겼다. 그것이 얼마나 어처구니없는 생각이었는지 깨닫는 데 걸린 시간은 찰나에 불과했지만.

"크악!"

두려움을 떨치기 위해 누구보다 앞장서서 풍월에게 달려들던 사내의 입에서 외마디 비명이 터져 나왔다.

힘없이 무너져 내리는 사내 역시 자신이 어떤 공격에 당했는지 알지 못했다. 비단 그뿐만 아니라 함께 공격하고 있는 동료들 역시 풍월이 어떤 수법으로 그를 쓰러뜨렸는지 전혀 눈치채지 못했다.

묵뢰가 또 한 번 번뜩였다.

어김없이 흘러나오는 비명. 풍월의 좌우에서 달려들던 사내들의 목이 허공으로 치솟았다.

실로 절정의 쾌도였다. 어찌 움직이는지 보이지도 않았다.

단 세 명의 죽음에 풍월을 공격하던 동검단원들의 움직임이 일제히 멈췄다.

그들 모두 겁에 질린 표정이었다.

풍월의 몸에서 뿜어져 나오던 무시무시한 기세는 사그라들었지만 말로 표현할 수 없는 묘한 기운이 전장을 휘감고 있었다.

감히 거스를 수 없는 절대자의 기운, 그저 존재하는 것만으로 뭇짐승을 떨게 만드는 백수의 제왕이 지닌 기운이었다.

"뭣들 하느냐! 공격해랏!"

잔뜩 인상을 쓰고 있던 육잠이 벼락같이 소리쳤다. 내력을 한껏 담긴 외침이었기에 풍월의 기세에 눌려 있던 동검단원들이 조금 정신을 차린 듯싶었다.

"죽여랏!"

"와아아아아!"

두려움과 공포를 떨치기 위함인지 더욱 거친 함성을 내지르며 달려드는 적들을 보며 풍월이 묵뢰를 치켜세웠다.

우우우우웅!

웅장한 도명이 전장을 뒤흔들었다. 동시에 폭풍 같은 기세가 일더니 동검단을 향해 휘몰아쳤다.

천마무적도 제일초식 천마풍이다.

꽈꽈꽈꽝!

천지가 무너지는 듯한 굉음과 함께 처절한 비명이 난무했다.

사막의 용권풍처럼 무지막지한 힘으로 사방을 쓸어버리는 강기의 폭풍. 지금껏 접해보지 못한 위력에 동검단의 움직임은 그야말로 필사적이었다.

반격 따위는 꿈도 꾸지 못했다. 그저 어떻게든 버티기 위해, 생존을 위해 죽을힘을 다했다. 하지만 천마무적도의 위력은 그들의 대항 자체를 비웃으며 모든 것을 쓸어버렸다.

"크아악!"

"으아아악!"

"사, 살려줘!"

강기의 폭풍에 휩쓸린 이들이 처절한 비명을 지르며 날아갔다. 오륙 장을 날아가 처박힌 그들에게서 더 이상의 움직임은 없었다.

"버, 버텨라! 물러나지 말고 끝까지 버텨!"

청공이 피를 토하듯 외쳤다.

풍월의 시선이 청공에게 향했다. 풍월과 시선이 마주친 청공이 흠칫 몸을 떨 때, 그를 향해 날아드는 한 줄기 빛이 있었다.

그것이 무엇인지 확인도 하기 전, 검을 휘둘렀다.

엄청난 파공성과 함께 짓쳐 든 묵운이 청공의 검과 정면으로 부딪쳤다.

동검단 부대주로서 청공 또한 만만치 않은 고수였다. 하나 조금 전, 등홍을 비롯하여 수하들 이십여 명의 목숨을 앗아 간 묵운의 힘을 감당할 정도는 아니었다.

꽝!

묵운과 맞선 청공의 검이 흔적도 없이 사라졌다.

청공은 자신의 숨통을 끊기 위해 날아도는 묵운을 보며 눈을 질끈 감고 말았다. 자신의 검을 산산조각 냈으면서도 조금의 흔들림도 없는 묵운을 막을 방법이 없었다.

묵운이 청공의 심장을 관통했다.

비명은 없었다.

절명한 청공의 몸이 허공으로 치솟을 때 우아하게 호선을 그린 묵운은 이미 다른 목표를 향해 움직였다.

퍽! 퍽! 퍽!

거칠 것이 없었다. 풍월의 의지에 따라 움직이는 묵운에 의해 동검단원들이 허무하게 쓰러지고 있었다.

"저럴 수가!"

육잠의 눈이 경악으로 부릅떠졌다.

쩍 벌어진 입술은 파리해지고 눈동자는 크게 요동쳤다.

처절한 비명은 계속해서 들려왔다.

머뭇거릴 틈이 없었다.

수하들이 모조리 쓰러지면 다음은 자신 차례였다.

육잠이 풍월을 향해 전력으로 질주했다.

자신의 의도대로 동검단을 학살하고 돌아온 묵운을 느긋하게 받아 들던 풍월의 몸이 급격히 틀어졌다.

그의 눈에 나무를 베듯 찍어오는 도끼가 보였다.

도끼에서 발출된 반달 모양의 강기가 이미 옆구리를 파고들었다.

천마탄강으로 버텨볼까 생각도 했지만 굳이 모험을 할 필요는 없다고 판단한 풍월이 몸을 틀며 뒤로 물러났다.

강기에 잘린 옷자락이 나풀거리며 떨어졌다.

그야말로 간발의 차이다.

육잠은 아쉬움에 이를 부득 갈았지만 풍월의 안색은 변함이 없었다. 애당초 딱 그 정도의 차이를 두고 피한 것뿐이었다.

묵직한 외침과 함께 육잠의 도끼가 급격히 방향을 틀었다.

풍월이 묵뢰를 움직여 도끼에 맞섰다.

꽝! 꽝! 꽝!

거친 충돌음과 함께 충격파가 사방으로 퍼져 나갔다.

풍월은 묵뢰를 통해 전해지는 묵직한 충격에 조금은 놀란 표정을 지었다.

지금껏 싸워본 상대 중 강맹함만을 따졌을 때 단연 으뜸이라 생각될 정도로 무지막지한 힘이 느껴졌다.

그가 느낀 충격은 육잠이 받은 충격에 비하면 아무것도 아니었다.

묵뢰와 부딪칠 때마다 전해지는 천마탄강의 반탄강기에 정신을 차릴 수가 없었다. 도끼를 잡은 손아귀의 살은 이미 만신창이가 되어 걸레처럼 변했고, 팔에도 감각이 없었다. 동시에 몸으로 침투한 기운이 전신을 헤집고 다니는 통에 마음껏 힘을 쓸 수가 없었다.

육잠의 열세를 느낀 것인지, 아니면 자신들의 임무를 끝까지 다하려 하는 것인지 살아남은 동검단원들이 육잠을 돕기 위해 달려들었다. 비록 그 숫자가 열 명도 채 되지 않았지만 신경이 거슬리는 것은 어쩔 수가 없었다.

짧게 숨을 내뱉은 풍월이 천마대공을 극성으로 운기하기 시작했다. 그의 전신에서, 들고 있는 묵뢰에서 지금과는 비교도 되지 않을 정도로 강맹한 기운이 뻗어 나왔다.

풍월이 왼쪽 다리를 살짝 내딛으며 묵뢰를 횡으로 휘둘렀다.

천마무적도 제육초식 천마환.

묵뢰에서 발출된 강환이 사방을 휩쓸어 버렸다.

뒤에서, 좌우에서 풍월을 공격하던 이들은 제대로 반응도 해보지 못하고 그대로 숨이 끊어졌다. 들고 있던 무기는 흔적도 없이 사라졌고 온몸이 갈가리 찢겨 나갔다.

수하들의 도움을 받아 최후의 일격을 준비하던 육잠도 상당한 피해를 당했다. 하지만 그는 조금도 위축되지 않았다. 오히려 풍월에게 달려들며 도끼를 던졌다.

육잠의 모든 내력이 담긴 도끼가 맹렬하게 회전을 하며 풍월에게 향했다. 눈부시게 새하얀 빛무리가 도끼를 감쌌다.

파천신부가 남긴 개산부법의 마지막 초식 광휘(光輝)였다.

풍월의 표정이 살짝 굳어졌다. 그만큼 육잠이 펼친 공격은 대단했다.

차갑게 가라앉은 눈빛으로 상대의 공격을 바라보던 풍월.

육잠이 던진 도끼가 그의 코앞까지 도착했을 때 묵뢰가 움직였다.

천마대공의 막강한 내력을 바탕으로 펼쳐진 천마도법 제팔초식 천마뢰.

쿠쿠쿠쿠쿵!

풍월을 중심으로 활화산 같은 폭발이 일었다.

빛무리에 휩싸인 도끼가 폭발의 중심으로 뛰어들었다.

꽈꽈꽈꽝!

두 기운이 부딪치며 또 한 번의 폭발이 일었고, 가공할 충격파가 전장을 휩쓸었다.

충격파에 휩쓸린 모든 것들이 미친 듯이 날뛰기 시작했다.

부러진 병장기가, 숨이 끊어진 시신들이 사방으로 비산하며 흔적도 남기지 못했다.

"크헉!"

외마디 비명과 함께 육잠의 몸이 휘청거렸다.

한쪽 무릎을 꿇고 겨우 중심을 잡은 육잠의 몰골은 처참했다.

칠공에서 흘러나오는 피, 양팔은 부러져 힘없이 덜렁거렸고 헤아릴 수 없을 정도로 많은 상처에서 흘러나온 피가 전신을 뒤덮었다.

무엇보다 치명적인 것은 그가 풍월에게 날린 도끼가, 천마뢰의 힘에 막히고 천마탄강의 반탄력에 의해 되돌려진 도끼가 그의 가슴 깊숙이 박혀 있다는 것이었다.

"으으으!"

정신마저 아득해지는 고통에 육잠의 입에선 연신 신음이

흘러나왔다.

전신을 에워싸고 있던 강맹한 기운은 이미 사라졌고 죽음의 기운만이 그의 전신을 휘감고 있었다.

"개… 같은… 빌어… 먹을……."

참담하게 일그러진 육잠의 입에서 욕설이 터져 나왔다.

자신을 향해 다가오는 풍월. 전력을 다한 공격을 받고도 너무도 멀쩡한 풍월의 모습을 악귀 같은 표정으로 바라보던 육잠의 고개가 힘없이 꺾였다.

제112장

아전인수(我田引水)

"오늘 아침, 마불사가 몰살을 당했다는 소식이 도착했습니다."

묵영단 부단주 사유의 말에 회의실에 모인 이들의 안색이 딱딱하게 굳어졌다.

"천도림이 당한 지 며칠 되지도 않았다. 한데 벌써 마불사까지 왔다는 것이냐?"

패천마궁에서 유일하게 살아남은 장로 미천고가 어이가 없다는 얼굴로 물었다.

"멈출 생각이 없는 것 같군요. 당가는 진짜로 우리와 정면 대결을 원하는 것 같습니다."

신기당주 모일연의 말에 잔결방주 풍천황이 목소리를 높였다.

"그놈들에게 당한 인원이 얼마인데. 정면 대결은 이미 시작됐지. 이보시오, 군사."

풍천황이 침묵을 지키고 있는 순후를 불렀다.

"예, 말씀하시지요."

"언제까지 이렇게 당하고만 있어야 하는 건가? 당장 대책을 세워야 할 것 아닌가?"

"내가 가겠네. 가서 모조리 숨통을 끊어버리겠어."

광풍가주 추소기가 격정적으로 소리쳤다. 하지만 순후는 별다른 말을 하지 않았다.

"왜 말이 없는가? 무슨 말이라도 해보게."

풍천황이 결단을 재촉하자 순후가 한숨을 내쉬며 입을 열었다.

"궁주님께서 계시지 않고 천마대가 없는 상황에서, 솔직히 우리의 힘만으로 당가를 막는다는 것은 거의 불가능합니다. 설사 막는다고 해도 어마어마한 피해를 감수해야 할 것입니다."

"무슨 답답한 소리를 하는가. 마련과의 싸움에서도 버텨낸 우릴세. 다 망한 당가 따위에게……."

순후가 풍천황의 말을 잘랐다.

"그런 당가에게 벌써 얼마나 많은 문파가 당했습니까? 천도림이 그렇게 허무하게 휩쓸릴 것이라고 누가 예상이나 했습니까?"

"그, 그건……."

딱히 반박할 수가 없자 풍천황이 말을 다듬었다. 다른 곳은 몰라도 천도림이 속수무책으로 당한 것은 그만큼 큰 충격이었다.

"특히 문제는 천도림 생존자의 증언입니다."

"괴물 말인가?"

미천고가 심각한 표정으로 되물었다.

"예, 금방 숨이 끊어지는 바람에 정말 괴물인지 아니면 적들이 그만큼 강하다는 것인지 확인을 할 수가 없었습니다. 하지만 천도림이 변변한 대항도 하지 못하고 무너졌다는 것은 분명 뭔가 심상치 않은 일이 벌어지고 있음을 방증하는 것입니다. 참고로 당가의 진영에 새롭게 나타난 고수들은 멸옥에 갇혔던 노물들로 확인되었습니다."

"멸옥? 그건 또 뭔가?"

추소기가 고개를 갸웃거리며 물었다.

"당가에서 자체적으로 운용하는 감옥이라고 보시면 됩니다. 사천무림에서 악행을 저지르던 마두들이나 당가에서 큰 죄를 저지른 자들이 주로 갇히는 곳인데, 그곳에 갇힌 놈들의 면면을 보면 보통 흉악한 놈들이 아닙니다."

사유가 순후를 대신해 설명했다.

"당가가 아주 미쳤군. 이제는 그런 쓰레기들까지 동원을 하다니 말이야."

"그만큼 여력이 없다는 말이겠지. 아니면 자네 말대로 새롭게 당가의 가주가 된 계집이 미친 것일 수도 있고."

풍천황이 고개를 절레절레 내저으며 말했다.

"그래서, 군사의 생각은 무엇인가? 저들을 어찌 막을 셈이지?"

미천고가 물었다.

"지난날의 분열과 싸움으로 인해 구문칠가일방일루로 대표되는 패천마궁의 전력은 형편없이 약해졌습니다. 살아남은 문파도 몇 되지 않고, 살아남은 자들 또한 막대한 피해를 입은 상태입니다. 하지만 그럼에도 불구하고 그들만큼 강한 이들이 없습니다."

"마련의 배덕자들에게 도움을 요청하려는 건가?"

풍천황이 거칠게 반발했다.

"마련은 이미 없어졌습니다. 모두가 궁주님께 굴복했습니다. 다시금 패천마궁이란 울타리에 들어온 이상 외부의 적은 함께 상대해야지요."

"언제 뒤통수를 칠지 모르는 자들일세."

"그 결과가 어떨지는 그들이 더 잘 압니다. 이미 겪기도 했고요."

"맞는 말이네. 또한 놈들에게 손을 벌리는 것이 마음에 들지는 않지만, 따지고 보면 놈들이 배반만 하지 않았어도 당가 따위가 감히 이런 짓을 할 수 있을까? 어림없는 일이지. 하니 그들이 피를 흘려야 하는 것이 맞다고 보네."

미천고가 순후의 주장에 힘을 실어주었다.

"듣고 보니 그렇군. 맞아. 피를 흘려도 놈들이 먼저 흘려야지. 흐흐흐."

거칠게 반발하던 풍천황이 동의한다는 듯 웃음을 흘렸다.

바로 그때였다.

회의장의 문이 벌컥 열리며 묵영단 소속 광막이 심각한 표정으로 달려왔다.

"군사님!"

"무슨 일이기에 이리 호들갑이야?"

사유가 매서운 눈초리로 물었다.

"이, 이것을……."

광막이 손에 쥔 서찰을 사유에게 전했다.

낚아채듯 서찰을 받은 사유가 빠르게 읽어 내려갔다.

길지 않은 내용이다. 하지만 사유가 두 눈을 부릅뜨게 만들 정도로 충격적인 내용이었다.

"구, 군사님……."

"무슨 일이냐?"

돌아가는 상황이 심상치 않다고 여긴 순후의 표정은 이미 심각하게 변해 있었다.

"무, 무당과 종남… 파가, 아니, 서북무림 전체가 당가를 지원하기 위해 움직였다는 전갈입니다."

"……."

충격을 받은 것인지 순후는 아무런 말도 하지 못했다.

회의장 또한 일순간에 얼어붙었다.

"도대체 왜? 개천회와 일전을 벌이고 있는 이 중요한 순간에……."

미천고가 믿을 수 없다는 얼굴로 중얼거렸다. 아무도 그에 대한 답을 내놓지 못했다.

*　　　　*　　　　*

"당가에서 연락이 왔다고?"

무당파 장로 진광이 찻잔을 들며 물었다.

"예, 사부님. 조금만 더 서둘러 달라는 요청이었습니다."

정심당주 현혜가 공손히 대답했다.

"아주 기가 살았군. 여기까지 오는 것도 얼마나 힘들었는지도 모르고."

진광이 못마땅한 얼굴로 혀를 차며 물었다.

"종남파는 어디까지 왔다고 하더냐?"

"반나절이면 합류할 것 같습니다."

"그렇게나 빨리? 허! 보통 서두른 것이 아니구나."

진광이 놀란 얼굴로 찻잔을 들었다.

"종남만이 아닙니다, 사형. 대부분의 문파들이 지척까지 도착했다고 하더군요."

장로 진효가 바지춤을 추켜올리며 방으로 들어섰다. 무당에서 가장 큰 덩치로 유명한 모습과는 어울리지 않게 안색이 무척이나 핼쑥했다.

"괜찮은가?"

"죽겠습니다. 딱히 먹은 것도 없는데 배 속이 왜 이 모양인지 모르겠군요."

"딱히 먹은 것도 없다라……"

진효의 식탐을 누구보다 잘 알고 있는 진광이 실소를 터뜨렸다.

진효가 억지로 웃음을 참고 있는 현혜를 향해 고개를 홱 돌렸다.

"그러기에 제대로 구우라 하지 않았더냐? 어설피 구워서는

이 사달을 만들어."

"사, 사숙!"

갑자기 화살이 자신에게 쏟아지자 현혜는 당황하지 않을
수 없었다.

"구… 워? 지금 살생을 했더란 말이냐?"

진광이 엄한 눈길로 현혜를 추궁했다.

사제 진효의 육식은 우화등선하신 사부마저도 끊어내지 못
한 것이다. 하나, 제자의 육식은 용납할 일이 아니었다.

"아, 아닙니다, 사부님. 전 그냥 사숙께서 억지로 시키기에
잡아 온 것을 구워 드렸을 뿐입니다."

"먹기도 잘 먹었지."

진효가 슬며시 끼어들었다.

"사, 사숙!"

현혜가 기겁하며 소리치자 코웃음을 친 진효가 억울한 듯
말했다.

"심지어 나보다 훨씬 많이 처먹은 놈은 멀쩡한데 내 배 속
은 왜 이런지 모르겠단 말이야."

"하아!"

더 이상 변명할 여력이 없는지 현혜가 하얗게 질린 얼굴로
한숨을 내뱉고 말았다.

"그러게 제대로 구웠어야지. 아무튼 농은 이쯤 해두고."

의뭉스러운 웃음을 지은 진효가 현혜의 어깨를 툭 치곤 찻잔을 향해 손을 뻗었다.

"패천마궁과 정말 싸울 생각입니까?"

"또 그 얘기인가? 이미 결론이 난 사안이네."

"상황이란 언제나 유동적으로 변할 수 있는 것이니까요. 그때도 말씀드렸다시피 패천마궁과의 싸움은 큰 실수입니다."

"개천회 때문에 그런가? 하지만 그들은 이미 노출이 됐어. 과거와 같이 두려운 상대가 되지 못하네."

"개천회가 아니라 풍 궁주가 두려운 것입니다."

"……"

풍월이란 이름에 진광도 함부로 입을 열지 못했다. 그동안 풍월이 쌓아 올린 명성은 고금에서도 찾기 힘들 정도로 대단한 것이었다.

"하지만 그로 인해 당가의 주장에 힘이 실리지 않았나. 개천회가 정리되기 전, 패천마궁의 힘을 최대한 축소시켜야 한다는."

"문제는 전제가 틀렸다는 겁니다. 개천회가 순순히 정리가 될지도 의문이고, 그들이 정리가 된 후 패천마궁이 과거처럼 막강한 힘을 회복할지도 의문입니다. 또 회복을 한다고 해도 이 아둔한 사제의 머리로는 그가 무림을 위협할 것이라고 생각되지 않습니다."

"이미 늦었어. 설득을 하려면 장문 사형을 비롯해서 다른 이들을 설득했어야지."

"설득이 되어야 말이지요. 사형도 알잖아요. 그놈의 명분, 또 명분! 당가가 위기에 빠진 본 문을 돕기 위해 막대한 희생을 했다고 하더라도 아닌 건 아닌 겁니다. 전 무림의 힘을 합쳐 개천회를 쫓아도 부족할 판에 패천마궁이라니요. 이러다 개천회도 놓치고, 분노한 풍 궁주의 칼이 우리에게 향하면 어찌하려는 겁니까?"

그때, 벌컥 문이 열리며 그야말로 선풍도골(仙風道骨)의 노인이 들어섰다.

"그게 두렵다고 은혜를 원수로 갚으라는 것이냐?"

사제 진무에게 장문인 자리를 넘기고 평생 동안 검에 미쳐 살던 진경이 방으로 들어서자 진광과 진효가 얼른 자리에서 일어났다.

"자칫하면 제이차 정마대전이 벌어집니다. 그게 두려운 것이지요."

진효가 엉거주춤 앉으며 말했다.

"못 할 것도 없지."

호전적인 진경의 말에 진광과 진효가 동시에 소리쳤다.

"사형!"

"시끄럽고. 당가에서 서둘러 달라는 요청이 왔다고?"

진경의 물음에 진광의 매서운 눈초리가 현혜에게 향했다. 찔끔한 현혜가 슬그머니 고개를 돌렸다.

"당가가 흘린 피가 아직도 무당의 산문을 적시고 있다. 그들의 헌신적인 도움이 아니었으면 본 문 또한 화산처럼 참담한 지경에 빠질 수도 있었겠지. 은혜를 입었으면 갚아야 하는 것은 당연한 일. 게다가 정마대전이라 했느냐? 그 또한 비등한 힘일 때 벌어지는 일이다. 미리 싹을 자르기 위해서라도 패천마궁의 세력을 꺾어놓을 필요가 있느니."

"하지만 사형, 풍 궁주의 성정상 패천마궁이 과거처럼 무림을 위협하지는 않을 것입니다. 아시잖습니까? 그가 무림을 위해 얼마나 애를 썼는지."

진효가 답답하다는 듯 말했다.

"알지. 검선 노선배의 후예답게 아주 잘 컸어. 문제는 그 아이에게 권력이 주어졌다는 것이야. 그것도 무림을 좌지우지할 수 있는 엄청난 권력이. 검선 노선배의 후예로서가 아니라 패천마궁의 궁주로서 그 아이가 무림을 도모하지 않을 것이라 장담할 수 있더냐?"

"그, 그건……."

진효의 말문이 막히자 껄껄 웃은 진경이 말을 이었다.

"그래서 당가를 돕는 것이다. 빚을 갚고 혹시 모를 분란을 뿌리부터 잘라내기 위해서. 아무튼 당가가 충분히 체면을 세우는, 나름 적당한 선에서 멈추면 큰 문제는 없을 것이야."

확신에 찬 진경의 말에 진효는 아무런 대꾸도 할 수가 없었다. 저렇듯 자신의 생각에 확신을 가지고 있는 사람을 설득하는 것이 얼마나 힘든 일인지 너무도 잘 알고 있었다. 입에서 절로 한숨이 흘러나왔다.

"자, 대충 얘기가 끝난 것 같군. 하니 당가의 요청대로 서둘러 움직이지."

"조금만 더 시간을 주시지요. 본 문 혼자 움직이는 것보다는 다른 이들의 합류를 기다렸다가 함께 움직이는 것이 좋을 듯싶습니다."

진광의 의견이 마음에 들지 않는지 진경의 미간이 살짝 찌푸려졌다.

"무엇보다 화산파의 합류를 기다리고 있습니다. 풍 궁주의 사문이라 할 수 있는 화산파가 합류를 한다면, 그만큼 명분이 서는 것 아니겠습니까?"

진경과 진효의 눈이 휘둥그레졌다.

"화산파가?"

"화, 화산이 온다는 것이 정말입니까? 정말 그들이 그렇게 결정을 했다고요?"

진효가 도저히 믿어지지 않는다는 얼굴로 물었다.

"꽤나 논쟁이 치열했던 모양인데, 어쨌거나 뒤늦게 출발을 했다고 하는군. 인원은 얼마 되지 않지만……."

"인원이 문제가 아니지. 제대로 힘을 받겠어."

진경이 흡족한 얼굴로 고개를 끄덕이는 것과는 반대로 진효는 분노로 가득한 얼굴이었다.

'다른 곳은 몰라도 화산은 그러면 안 되는 것이다. 그러면 안 되는 것이야.'

조금 전까지는 다소 과장하여 쓴 말이었지만, 어쩌면 정말로 제이차 정마대전이 벌어질지 모른다는 불길한 생각이 들었다.

*   *   *

'괴, 괴물 같은 놈! 대체 어디서 이런 괴물이 나왔다는 말이냐!'

노도처럼 밀려드는 검강에 남궁세가의 이인자라 칭해지는 남궁을의 눈에 절망감이 서렸다.

눈앞의 적을 상대하던, 스스로를 사마풍운이라 소개한 적에게 남궁세가의 미래라 할 수 있는 남궁기가 힘없이 패퇴하고 그를 대신해 적을 상대한 지 벌써 이각여가 흘렀다.

자신을 포함하여 남궁세가의 내로라하는 고수들 일곱이 합공을 하고 있으나 사마풍운은 여전히 건재했다. 아니, 오히려 시간이 지날수록 밀리는 것은 합공을 하는 자신들이었다.

미친 듯이 검을 휘두르는 사마풍운의 공격은 더욱 거세져 만 갔다.

꽈꽈꽈꽝!

양측이 부딪칠 때마다 천지를 뒤집는 듯한 폭발음이 터져 나왔다.

남궁세가를 대표하는 일곱 명의 고수들이 내뿜는 기세.

공격의 날카로움과 강맹함은 경천동지할 위력을 지녔으나 그들의 합공을 온몸으로 상대하는 사마풍운의 기세는 그들 의 힘을 능가했다.

거침없이 달려드는 사마풍운의 모습에 그를 상대하는 남궁 세가 고수들의 표정은 몹시 어두웠다. 시간이 흐를수록 그들 의 공격은 위력이 떨어지고 다들 지친 기색이 역력했으나 사 마풍운은 여전히 살벌한 기세를 뿜어내고 있었다.

'위험하다.'

남궁을이 입술을 질끈 깨물었다. 아직까지는 버텨내고 있 지만 언제 균형이 깨질지 몰랐다. 그의 불길한 예감은 여지없 이 들어맞았다.

사마풍운을 상대하는 일곱 명의 고수들 중 가장 나이가 많 은 대장로 남궁호유가 격전을 견디지 못하고 치명적인 일격을 허용하고 말았다. 가장 뛰어난 무공을 지니고 있기에 사마풍운의 주요 표적이 된 까닭이었다.

"아, 안 돼!"

남궁을이 기겁하며 소리쳤지만 이미 늦었다.

옆구리에 일격을 허용한 남궁호유가 중심을 잡기 위해 애를 쓰고 남궁을을 비롯해 다른 이들이 그를 구하기 위해 움직이려는 찰나, 사마풍운의 검이 남궁호유의 가슴을 훑고 지나갔다.

"커흑!"

입에서 터진 외마디의 비명.

남궁호유가 폭포수처럼 뿜어져 나오는 피를 사방에 뿌리고 힘없이 무너져 내리면서 승부의 추는 급격히 기울었다.

모두의 표정이 암담함으로 물들었다.

일곱 명의 합공으로도 어쩌지 못한 상대다. 한데 가장 강하면서 합공을 이끌었던 남궁호유가 쓰러진 지금, 싸움은 사실상 끝난 것이나 다름없었다.

"크윽!"

고통스러운 신음과 함께 검에 의지해 한쪽 무릎을 꿇고 간신히 중심을 잡은 남궁편의 얼굴이 참담하게 일그러졌다. 그의 시선이 좌측으로 향했다.

자신을 도와 싸우던 두 아들이 차가운 주검이 되어 쓰러져 있었다.

목이 반쯤 잘린 채 쓰러진 큰아들의 가슴엔 부러진 검날이 깊숙이 박혀 있었고, 온몸이 어육이 되어 쓰러진 작은아들의 몸에선 아직도 뜨거운 피가 흘러내리고 있었다.

"개천회가 팔대마존과 우내오존의 무공을 얻었다는 말이 틀리지 않았구나."

"호! 노부의 무공을 알아보는 것이냐?"

사마납이 오만한 표정을 지으며 물었다.

"풍천뇌가의 벽력신권. 하나, 그 위력이 천양지차니 내 눈이 틀리지 않았다면 뇌정마존의 무공을 얻은 것이겠지."

"보는 눈은 있구나."

"결국 네놈들은 팔대마존의 무공이 없으면 아무것도 아니야. 남의 무공을 훔친 주제에 거들먹거리는 꼴이 참으로 가관이구나."

천천히 무릎을 펴며 몸을 일으키는 남궁편의 눈에서 독기가 뿜어져 나왔다.

"잡소리 하지 말고 호흡이나 가다듬어라. 굳이 도발을 하지 않아도 시간이 필요하다면 더 줄 수도 있으니."

사마납은 남궁편이 진탕된 내력을 다스리고 힘을 모으고 있음을 진작부터 눈치채고 있었다. 그럼에도 느긋하게 여유를 부리는 것은 승자의 아량이자 오랜만에 겪는 실전의 짜릿함을 조금 더 느껴보고자 함이었다.

"……"

남궁편은 사마납의 호의를 거절하지 않았다. 어차피 끝난 싸움에 딱히 미련이 남는 것은 아니다. 다만 눈앞의 현실을 스스로 납득하지 못하고 있었다.

마련의 공세에 어쩔 수 없이 세가를 떠나야 했던 참담한 기억이 있기는 했으나 그때와는 상황 자체가 달랐다. 당시엔 후일을 도모할 여력이 충분했으나 지금은 그렇지 못했다. 말 그대로 멸문을 걱정해야 할 정도로 상황이 심각했다.

이대로 쓰러질 수는 없었다. 남궁세가의 자존심을 지켜야 했다. 최소한 가주로서 그 정도의 모습은 보여주어야 했다.

"반드시 죽인다."

이를 악문 남궁편의 몸이 허공으로 치솟았다.

길게 늘어진 머리카락과 넝마로 변한 옷이 미친 듯이 흩날렸다. 붉게 충혈된 눈이 사마납의 움직임을 쫓았다.

단 한 번의 도약으로 거리를 좁힌 남궁편이 검과 한 몸처럼 움직이며 사마납의 목숨을 노렸다. 수비 따위는 신경도 쓰지 않는, 오직 상대를 죽이고자 하는 집념이 담긴 공격이었다.

남궁편의 각오가 전해진 것인지 사마납의 입가에 걸렸던 웃음이 어느새 사라졌다.

차갑게 가라앉은 눈빛으로 남궁편의 움직임을 살피던 사마납이 왼쪽 다리를 힘차게 구르며 주먹을 뻗었다.

내딛는 발에서, 유연하게 뒤틀린 허리에서 일어나는 힘을 바탕으로 뻗어나간 주먹에서 폭발적인 기운이 일었다.

붕산멸, 뇌력강, 개천폭이 연속적으로 펼쳐졌다.

사방으로 뻗어나간 권강이 남궁편이 펼친 공세를 단숨에 무위로 만들어 버렸다.

남궁편의 신형이 힘없이 튕겨져 나갔다.

칠공에서 피가 흐르고 입에서 쏟아지는 피에선 부서진 내장의 흔적도 보였으나 그는 포기하지 않았다.

"허!"

당장에라도 숨통이 끊어질 공격을 받아내고서 달려드는 남궁편의 모습에 사마납의 입에서 실소가 터져 나왔다.

남궁편의 기세에 질린 사마납이 잠시 멈칫하는 사이, 다시금 거리를 좁히는 데 성공한 남궁편의 검이 묘한 움직임을 보이기 시작했다.

사마납의 표정이 확 변했다.

싸움을 시작한 이래 처음 느끼는 섬뜩함이었다. 자칫하면 당할 수도 있다는 위기감에 몸이 반응했다.

사마납의 주먹이 공간을 격하며 남궁편에게 쏟아졌다.

남궁편은 온몸으로 사마납의 주먹을 감당하며 최후의 일격을 날렸다.

팟스스스슷!

남궁편의 검에서 뿜어져 나온 기운이 사마납에게 폭사되었
다.

꽝! 꽝! 꽝!

강력한 충돌음. 사마납이 전력을 다해 방어를 했지만 남궁
편이 마지막 기운까지 짜내 펼친 공세는 사마납의 방어막을
기어이 뚫어냈다.

"크윽!"

필사적으로 몸을 틀던 사마납의 입에서 답답한 신음이 흘
러나왔다.

비틀거리며 뒷걸음질 치는 그의 이마에서 식은땀이 흘렀다.
왼쪽 어깻죽지에 커다란 구멍이 뚫렸다.

만약 조금만 피하는 것이 늦었다면, 공격이 안쪽으로 한 치
만 더 파고들었다면 어깻죽지가 아니라 심장이 박살 났을 터
였다.

"감히!"

분노한 사마납이 남궁편을 찾아 고개를 돌렸다. 그는 삼 장
정도 떨어진 곳에서 양쪽 무릎을 꿇은 채 고개를 떨구고 있
었다.

"빌어먹을!"

사마납이 분통을 터뜨리며 움켜쥔 주먹을 폈다. 아무리 화

가 난다고 하더라도 이미 죽은 자에게 그 화를 풀 수는 없었다.

죽을힘을 다해 버티고 또 버텼지만 한번 기울어진 승부의 추를 되돌릴 방법은 없었다. 남궁호연이 목숨을 잃은 후, 남은 이들이 사마풍운을 막기 위해 필사적으로 노력했지만 온갖 부상에 지칠 대로 지친 그들은 그의 상대가 될 수 없었다.

맹렬한 공격에 사마풍운과 맞서던 고수들이 하나둘씩 목숨을 잃었다.

숫자가 줄어들수록 사마풍운의 공세는 더 큰 위력을 발휘했고, 남궁세가의 고수들은 급격히 위축됐다.

결국 마지막까지 저항하던 남궁을의 죽음을 끝으로 더 이상 그를 막아설 수 있는 사람이 없었다.

남궁세가의 미래라 일컬어지던 남궁기를 패퇴시키고 남궁세가의 중추적인 고수 일곱의 합공마저 뚫어낸 사마풍운이 천천히 호흡을 가다듬었다. 그러고는 곧바로 싸움이 이어지고 있는 전장으로 달려갔다.

"으아악!"

"크아악!"

사마풍운의 검이 움직일 때마다 앞을 막아서던 남궁세가 무인들이 허무하게 쓰러졌다. 그야말로 추풍낙엽. 폭풍보다 더욱 강력한 그의 행보에 거칠 것은 없었다.

　남궁세가의 무인들이 속절없이 목숨을 잃고 있을 때 세가의 마지막 어른이라 할 수 있는 남궁개가 최후의 결단을 내렸다.

　"여기는 우리들이 맡겠다. 너희들은 어서 이곳을 빠져나가라."

　남궁개가 남궁결과 그를 호위하듯 서 있는 무애단원들을 바라보며 말했다.

　"다른 사람은 몰라도 너희들은 반드시 살아야 한다."

　남궁개가 남궁결의 어깨를 짚으며 말했다.

　"그리고 저 아이들도."

　남궁개의 시선이 사마풍운, 사마천과의 싸움에서 치명상을 입고 쓰러진 남궁기와 남궁혜에 닿아 있었다.

　"제가 남겠습니다."

　남궁결이 각오를 다지며 앞으로 나섰다. 풍월에게 당한 부상이 아직 회복이 되지 않아 제대로 된 싸움을 하지 못했으나 단순히 시간을 끄는 정도라면 충분히 해낼 자신이 있었다.

　"쓸데없는 소리 하지 말고 당장 떠나거라."

　"하지만……."

　"어리광 부릴 시간 없다. 몇몇 식솔들이 이미 떠났으나 안전을 담보할 수 없다. 결국 너희들 어깨에 본 가의 미래가 달렸음이야. 적들의 포위망을 뚫고 탈출하는 것도 쉬운 일은 아닐 터. 죽을힘을 다해야 할 게다. 가거라!"

남궁개는 더 이상의 반론은 용납하지 않겠다는 듯 아예 몸을 돌려 사마풍운을 향해 걷기 시작했다.

*   *   *

'강하다는 것은 알고 있지만 설마하니 이 정도라니!'

전신의 내력을 모조리 쥐어짜내 공격을 펼쳤음에도 꿈쩍도 하지 않고 여유롭게 반격을 해오는 위지허의 모습에 제갈공융의 안색이 파리하게 질렸다.

와룡대를 키워낸 인물이자 오직 문으로서 천하에 명성을 떨치는 제갈세가에서 그나마 자신 있게 내세울 수 있는 고수였으나 상대가 너무 좋지 않았다.

근래 들어 혈류마염공을 비롯하여 육도마존의 무공을 대성한 위지허는 천하에서 능히 다섯 손가락 안에 들 정도로 막강한 실력을 지녔다. 제갈공융이 아무리 뛰어난 고수라도 애당초 상대가 될 수 없었다.

'피할 곳도 물러설 곳도 없다.'

피가 섞인 땀을 줄줄 흘리던 제갈공융이 새롭게 각오를 다지며 검을 꽉 움켜잡았다. 절망감에 흔들렸던 눈빛은 차갑게 빛나고 전신에서 태산 같은 기세가 피어올랐다.

"훌륭하군. 제갈세가에서 이만한 무를 이루다니."

위지허가 진심으로 찬탄을 보냈다. 동시에 등 뒤에서 그동안 움직이지 않았던 칼들이 일제히 솟구쳤다.

여섯 자루의 칼을 사용할 상대는 분명 아니다. 그러나 무에 관해선 불모지나 다름없는 제갈세가에서 제갈공융과 같은 고수를 배출해 낸 것은 실로 놀라운 일. 이에 경의를 담아 전력을 다하기로 한 것이다.

위지허의 의지가 담긴 칼이 제갈공융을 향해 움직이기 시작했다.

쾅!

엄청난 폭음과 함께 거대한 충격파가 주변을 휩쓸었다.

꽝!

연이은 충돌음과 함께 제갈공융의 입에서 고통스러운 신음이 터져 나오고 선홍빛 피가 입술을 비집고 흘러내렸다.

여섯 자루의 칼을 자유자재로 움직이며 제갈공융을 압박하는 위지허는 제자리에서 단 한 걸음도 움직이지 않았다.

하나 제갈공융은 한 번의 공격을 받을 때마다 몇 걸음이나 뒷걸음질 치며 휘청거렸다. 그의 움직임을 따라 사방으로 피가 뿌려졌다.

마침내 최강의 절초라 할 수 있는 육뢰일점사.

위지허의 막강한 내력을 한껏 머금은 여섯 자루의 칼이 꼬리를 물고 오직 한 점을 향해 짓쳐 들었다.

제갈공융은 자신을 향해 짓쳐 드는 칼들을 보며 최후를 직감했다. 그래도 포기하지 않고 최선을 다해 맞섰다.

십여 장을 밀려나면서도 첫 번째 칼을 막는 데 성공했으나 제갈공융은 치명적인 내상을 당했다.

두 번째 칼을 막아냈을 때 그의 손에 들려 있던 검은 흔적도 없이 사라졌다.

세 번째 칼이 그의 심장을 관통하자 뒤이어 따라오던 칼들은 미묘하게 방향을 틀어 가슴에, 단전에 깊숙이 박혔다.

비틀거리는 제갈공융의 시선이 여전히 안개에 휩싸여 있는 제갈세가로 향했다.

'난 최선을 다했다. 부디 버텨주기를……'

제갈공융의 신형이 간절한 바람과 함께 힘없이 무너져 내렸다.

"이것으로 여섯 번째, 이제 마지막이다."

위지허가 심호흡을 하며 안개 너머에 자리하고 있는 제갈세가의 내원을 차분히 바라보았다.

제갈세가를 철옹성처럼 보호하는 일곱 겹의 기관진식과 매복진. 천뇌비록의 도움으로 비교적 쉽게 파훼했음에도 불구하고 개천단원의 절반이 목숨을 잃었다. 이제 마지막 결실을 맺을 때였다.

"뚫렸습니다. 이제 내원뿐입니다."

제갈후가 잔뜩 경직된 얼굴로 말했다.

"아무리 생각해도 이해가 되지 않습니다. 개천회, 아니, 사마세가가 본 가에 못지않은 뛰어난 두뇌를 가지고 있다지만 본 가에 펼쳐진 기관진식을 이처럼 빠르게 파훼하지는 못합니다. 내부에 적이 있어 파훼법을 알려준다면 모를까, 그렇지 않은 상황에서 어찌 이리 빠르게……."

제갈후는 눈앞에 닥친 상황을 도저히 이해할 수가 없었다.

"사마세가의 능력이 아니네."

제갈중이 고개를 저었다.

"뭔가 짚이는 것이 있으십니까?"

제갈후가 놀라 물었다.

"천뇌비록."

"예? 천뇌… 비록이라면… 아!"

그제야 풍월이 천뇌마존에게서 얻은 천뇌비록을 사마세가에 보냈다는 것을 떠올렸다.

"하, 하지만 아무리 그렇다고 해도 그 짧은 시간에. 게다가 천뇌마존이 뛰어난 인물인 것은 인정하나 이미 수백 년 전의 사람입니다."

제갈후는 천뇌비록에 의해 제갈세가의 기관진식이 무너졌다는 것을 인정할 수가 없었다. 그건 세가의 자존심 문제였다.

"소림에서 달마조사를 능가하는 신승이 나왔던가? 천마는 또 어떻고?"

제갈중의 반문에 제갈후는 할 말이 없었다.

"그, 그건……."

"무공과 마찬가지로 학문 또한 때로는 시대를 초월하는 것. 부정만 할 것이 아니네. 우리의 공부가 천뇌마존에 미치지 못함을 부끄러워해야 하는 것이겠지."

"……."

"각설하고, 얼마나 버틸 것 같은가?"

"나름 필사적으로 방해를 하고 있으나 길어야 일각입니다."

"시간이 별로 없군. 식솔들은?"

제갈후의 표정이 절로 어두워졌다.

"여덟 길로 움직였지만 저들의 포위망을 얼마나 빠져나갈 수 있을지 장담할 수가 없습니다."

"자네도 이만 떠나게."

"가주께선……."

"나는 아직 할 일이 남아 있네."

"형님!"

제갈후가 놀라 부르짖었다.

"그렇게 놀라지 말게. 단 한 번도 적들의 침범을 허용하지 않은 본 가일세. 당대에 그런 치욕을 당했으니 어찌 고개를 들 수 있을까. 난 본 가와 운명을 함께할 걸세."

"안 됩니다. 형님께서 가시지 않는다면 저도 움직이지 않을 것입니다."

"가주로서의 명일세. 최소한 자네라도 남아 후학의 버팀목이 되어야지."

"그럴 수는 없습니다."

제갈후가 단호히 고개를 저었다.

"아무튼 잘 부탁하네. 자네만 믿지."

부드럽게 웃는 제갈중을 보며 불안함을 느낄 때, 갑작스러운 충격과 함께 온 세상이 하얗게 변했다.

한 사내가 정신을 잃고 쓰러지는 제갈후를 안아 들었다.

"다른 사람은 몰라도 아우만큼은 반드시 살려야 하네."

"명심하겠습니다."

"탈출에 성공하면 곧바로 정의맹으로 가게. 자, 서둘러!"

제갈후를 등에 업은 사내가 멈칫거리자 제갈중이 쓰게 웃으며 말했다.

"나를 잡을 때까지 놈들은 결코 포기하지 않네. 식솔들을 살리기 위해서라도 내가 이곳에서 죽어야 한다고 분명히 말했네. 자네도 동의했고. 설마 다시 설명해야 하는가?"

"아닙… 니다."

"어서 가게. 시간이 없네."

참담한 표정으로 제갈중을 바라보던 사내, 제갈공융의 아들이자 전대 와룡대주 제갈묵이 깊게 허리를 숙였다.

"보중… 하십시오."

엷은 미소로 인사를 받은 제갈중은 제갈묵이 떠나자 먹을 갈기 시작했다.

잠시 후, 마침내 모든 기관진식을 뚫어낸 개천회가 내원으로 진입했다.

제갈세가의 가주를 잡기 위해 집무실의 문을 박살 내고 뛰어 들어온 자들이 볼 수 있는 것은 스스로 목숨을 끊은 제갈중과 완성되지 않은 매화 그림 한 점뿐이었다.

*   *   *

"몸은 좀 어때?"

이른 아침, 유연청과 오붓하게 산책을 하고 돌아온 풍월이 몸을 풀고 있는 형웅을 보며 물었다.

"괜찮습니다."

민망한 웃음을 지은 형웅이 옷을 들어 옆구리의 상처를 내

보였다.

지난밤까지만 해도 붉은 피와 고름이 묻어나던 붕대가 깨끗한 것을 보며 풍월이 고개를 끄덕였다.

"확실히 나아진 것 같네. 하지만 다음에도 이런 일이 벌어지면 그땐 내 손에 죽어."

"예."

형응이 기어들어 가는 목소리로 말했다. 입이 열 개라도 할 말이 없었다.

풍월이 육잠의 숨통을 끊는 사이, 형응 또한 장소춘과 치열한 싸움을 벌였다.

살황의 무공이 완숙의 경지에 오르고 검우령까지 쓰러뜨리면서 형응은 자신감에 넘쳐 있었다. 그 자신감이 오히려 독이 됐다.

게으름만 피우지 않았다면 개천회 최고의 고수가 되었을 것이라는 평가답게 장소춘은 상당한 실력을 지니고 있었고, 특히 싸움의 감각이 천부적이었다.

방심했던 형응은 장소춘에게 치명적인 일격을 허용하고 말았다. 물론 그 대가로 장소춘의 목숨을 얻었지만 형응 역시 목숨을 걱정해야 할 정도였다.

기겁하여 달려온 풍월과 혁련세가에서 제공한 영단이 아니었으면 상상하기도 싫은 끔찍한 결과를 맞이했을 터였다.

"그럼 이제 이곳을 떠나도 되는 거 아냐?"

뒤늦게 걸어 나온 황천룡이 초토화된 이화원을 둘러보며 말을 이었다.

"사정이 여의치 않아 머물기는 했지만 좀 그렇잖아. 죽어나 간 사람이 수백인데. 밤마다 악몽을 꾸는 것도 영 찝찝하고."

"움직일 수 있습니다. 이제 떠나야죠. 다른 사람도 다 떠났는데."

형웅의 말에 풍월이 걱정스러운 얼굴로 물었다.

"진짜 괜찮은 거냐? 무리하지 않아도 된다."

"괜찮습니다. 형님 말대로 무리만 하지 않으면 돼요."

가볍게 고개를 끄덕인 풍월이 황천룡 뒤에 있던 은혼에게 물었다.

"천마대는 언제 도착한다고 했지요?"

"늦어도 오늘 오후면 도착할……."

대답하던 은혼이 갑자기 입을 다물었다. 한 무리의 사내들이 이화원 내부로 들어오는 것을 본 것이다.

"호랑이도 제 말 하면 온다더니만."

고개를 돌린 풍월이 웃음을 터뜨렸다.

눈 깜짝할 사이에 달려온 위지평이 그의 앞으로 달려와 한 쪽 무릎을 꿇었다.

"신 위지평, 궁주님을 뵙습니다."

"고생했어. 한데 다른 이들은?"

풍월이 위지평을 따르는 자들이 밀은단뿐이라는 것을 의아해하며 물었다.

"도착하려면 조금 시간이 필요할 것입니다. 밀은단이 서둘러 출발했습니다."

"쯧쯧, 그럴 필요까지는 없었는데."

지친 기색이 역력한 밀은단을 보며 혀를 찬 풍월이 손을 내저었다.

"다들 가서 쉬도록 해. 단주는 따라오고."

"존명!"

명을 받은 위지평이 수하들에게 휴식을 명하곤 서둘러 풍월의 뒤를 따랐다.

"그래서, 호구채는 제대로 정리를 한 거야? 천마대주의 보고를 받아 대충은 알고 있지만 보다 정확하게 듣고 싶다."

풍월이 자리에 앉기가 무섭게 물었다.

"예, 확실하게 정리를 끝냈습니다."

"천마대주의 말로는 저항이 만만치 않았다고 하던데."

"저항이라기보다는 산채를 버리고 산으로 숨어 들어간 놈들을 토벌하느라 시간이 좀 걸렸습니다. 결국 단 한 놈도 놓치지 않고 모조리 쓸어버렸습니다."

말을 마친 위지평이 아차 싶어 유연청의 눈치를 살폈다. 아닌 게 아니라 유연청은 물론이고 황천룡의 표정도 과히 좋지 않았다.

비록 배신을 하긴 했지만 과거 그들의 수족이라 할 수 있는 녹림십팔채의 일원이 몰살을 당했다는 것에 마음이 편하지 않은 것이다.

그들의 표정을 보고 풍월도 그제야 자신의 실수를 깨달았다. 하지만 이미 시작한 질문을 멈출 수는 없었다.

"우리 쪽 피해는?"

"일곱 명이 목숨을 잃었고, 열두 명이 부상을 당했습니다만 목숨에 지장이 있을 정도는 아닙니다."

"뭐? 고작 산적 따… 흠, 예상보다 피해가 크군."

불같이 화를 내려던 풍월이 유연청을 의식하며 최대한 조심스레 말을 했다.

"채주의 함정에 빠져 그렇게 되었습니다. 상당한 실력자였습니다. 천마대주가 제법 고생을 할 정도였습니다."

"생긴 건 식은 만두처럼 생겼지만 실력은 상당하지. 녹림에서도 손꼽히는 실력자였으니까."

황천룡의 설명에 풍월이 탄식했다.

"함정에 빠졌다는 건 방심했다는 거잖아. 누구처럼."

갑자기 화살이 자신에게 날아오자 형웅이 슬며시 고개를 돌렸다.

"돌아오면 제대로 훈련을 시켜야겠어. 앞으로 그보다 더한 놈들을 상대해야 하는데 이대로는 영."

풍월이 각오를 다지는 것을 보며 위지평이 몸을 살짝 떨었다. 지옥 훈련에 죽어나가는 천마대의 미래가 절로 떠올랐다. 그리고 천마대 옆에서 함께 고생하는 밀은단까지.

그때였다.

"궁주님."

은혼이 급히 문을 열고 들어섰다.

"무슨 일입니까? 난 은 형이 그런 표정을 지을 때가 제일 무섭습니다."

풍월이 농을 했지만 은혼은 전혀 반응하지 않았다. 그저 조심히 서찰을 전할 뿐이었다.

"군사께서 보내신 겁니다."

"군사가요?"

가볍게 반문하며 서찰을 읽어 내려가는 풍월.

어느 순간, 그의 표정이 일그러지며 손에 들린 서찰이 와락 구겨졌다.

"이 미친년이 진짜 돌았네!"

풍월의 입에서 거친 욕설이 터져 나오자 방에 모인 이들이 깜짝 놀랐다.

"뭐야? 무슨 일인데 그래?"

황천룡이 동그랗게 눈을 뜨며 물었다.

한참 동안이나 분을 삭이지 못하던 풍월이 구겨진 서찰을 탁자에 던지며 말했다.

"얼마 전에 군사가 당가에서 이상한 자들을 움직이고 있다는 소식을 보내왔습니다. 그자들에 의해 천도림이 속수무책으로 당했다고. 기억합니까?"

"그, 그래. 그랬던 것 같다."

다른 사람은 심각하게 고개를 끄덕이는 반면, 기억에 없던 황천룡은 얼떨결에 고개를 끄덕였다.

"군사께서 그들의 정체를 밝혀냈습니다."

"어떤… 놈들이야?"

풍월의 눈에 어린 분노를 느낀 황천룡이 조심스레 물었다.

"만독방의 제자들이랍니다."

"엥? 만독방이? 그자들은 완전히 자취를 감췄잖아."

황천룡이 놀라 물었다. 다른 이들 역시 놀라움을 감추지 못했다.

"정말 만독방이 당가의 주구가 되어 나타난 것입니까?"

위지평이 자신도 모르게 살기를 뿌리며 묻다가 황급히 살기를 거두고 몸을 낮췄다.

"엄밀히 말하면 주구가 아니다. 당가에서 만독방의 제자들을 괴물로 만들었다."

"괴물이라면……."

"군사는 그들을 독인이라 칭했다. 도검불침에 그들의 피, 내쉬는 숨결 그 자체가 독이라고 한다. 들어본 적이 있습니까?"

풍월이 황천룡에게 물었다.

"아, 아니. 독중지체 어쩌구는 들어봤지만 독인은 처음 들었다."

황천룡이 고개를 저었다.

"너는?"

풍월이 형웅에게 물었다.

"처음 들었습니다."

"기록으로 본 적이 있습니다."

모두의 시선이 은혼에게 향했다.

"만독방의 전성기를 이끌었던 만독마존이 몇 구의 독인을 만들었다는 기록이 있습니다."

은혼의 말에 풍월이 이를 부득 갈았다.

"당령, 역시 그년이 문제였어. 천마동부에서 만독마존의 무공을 얻더니 결국 이런 미친 짓까지. 그때, 확실하게 숨통을 끊었어야 하는데."

풍월이 화를 누그러뜨리지 못하고 있을 때 구겨진 서찰을 찬찬히 읽던 유연청의 눈동자가 급격히 흔들렸다.

"오라버니, 문제는 당가뿐만이 아닌 것 같아요."

"무슨 소리야?"

풍월이 의아한 얼굴로 물었다.

"끝까지 읽지 않았지요?"

유연청이 서찰을 내밀었다.

"그랬… 나?"

고개를 갸웃거린 풍월이 유연청이 건넨 서찰을 다시금 읽어 내려갔다.

서찰엔 당령이 만들어낸 독인 이야기 이후로 몇 줄의 내용이 더 있었다. 그리고 그 소식 또한 독인만큼이나 풍월에게 충격을 안겨주었다.

"음."

나직한 신음. 딱딱히 굳어진 풍월의 표정을 보며 아무도 입을 열지 못했다.

"무슨 일인데 그래?"

참을성이 가장 없는 황천룡이 결국 궁금함을 참지 못하고 물었다.

"무당이, 종남이, 서북무림의 무인들이 당가를 돕기 위해 오고 있다는군요."

풍월이 허탈하게 웃으며 서찰을 툭 던졌다.

"그리고 화산까지."

화산이란 말에 다들 멍한 표정을 짓고 말았다.

"은 형."

"예, 궁주님."

"화산, 아니, 사형께 사람을 보내세요. 화산에서 무슨 일이 벌어진 것인지 확실하게 알아야겠습니다."

거칠게 탁자를 내려치는 풍월의 눈에서 한광이 뿜어져 나왔다.

*　　　*　　　*

"…제갈세가의 가주 제갈중은 스스로 목숨을 끊었다고 합니다. 하지만 직전에 무슨 짓을 한 것인지 파훼되었던 진법 중 일부가 다시 살아나고, 제갈세가 전체가 화염에 휩싸였다고 합니다. 대장로님의 침착한 대응과 염 호법의 능력이 아니었다면 엄청난 피해가 발생할 뻔했습니다."

"한 수를 숨겨두고 있었군. 역시 그냥 죽지는 않는다는 건가."

"하지만 대장로님과 염 호법의 활약으로 대부분 무사할 수가 있었고, 오히려 본 회에겐 좋은 기회가 되었습니다."

"무슨 뜻이냐?"

"제갈세가를 공격했던 본 회의 무인들이 거의 몰살을 당했다는 소문이 돌고 있습니다. 본 회의 전력을 숨기고 상대에게 오판을 할 수 있도록 해준 것입니다."

"소문이라. 허허! 네가 낸 것이겠구나."

사마용이 웃으며 말했다.

"조금 보탰을 뿐입니다."

"잘했다. 저들이 본 회의 병력이 제갈세가와 양패구상을 했다고 여긴다면 네 말대로 나쁘지 않은 것이지. 하나, 아쉽구나. 조금만 신경을 썼다면 보다 완벽한 작전이 될 수 있었는데."

사마용의 말에 사마조가 고개를 숙였다.

"죄송합니다. 놈이 그런 수를 쓸 줄은 몰랐습니다."

"어쩔 수 없는 일이겠지."

"그래도 이만하면 대성공 아닙니까? 이화원에서 역으로 당하기는 했으나 승천문을 공격하려던 형산파 놈들을 박살 냈고, 무엇보다 남궁세가와 제갈세가를 박살 냈습니다. 특히 제갈세가를 박살 낸 것은 그야말로 그 누구도 해내지 못한 쾌거입니다."

십이장로 한소의 말에 사마용이 고개를 끄덕였다.

"그걸 부정하는 것은 아니네. 그래도 구장로와 십일장로가 놈에게 당한 것이 뼈아픈 손실이라는 건 변하지 않아. 동검단의 몰살도 그렇고."

사마용이 입맛이 쓴지 술잔을 들었다.

"예, 다시금 느끼는 것이지만 정말 대단한 놈입니다. 솔직히 어찌 상대해야 할지 답이 나오지 않는 것 같군요. 혼자도 버거운데 살황마존의 무공을 익힌 형응이라는 놈까지 같이 엮여 있으니……."

한소가 고개를 내저으며 한숨을 내쉬었다.

"그래도 해야지요. 놈이 건재하면 본 회의 대업은 결국 물거품이 될 것입니다."

사마조가 피가 나도록 입술을 깨물었다.

"복안이라도 있는 것이냐?"

사마용이 물었다.

"당가와 손을 잡아야 할 것 같습니다."

"당가? 이미 손을 잡은 것 아닌가?"

한소가 고개를 갸웃거렸다.

"지금까지는 서로의 영역에서 힘을 실어주는 정도였다면 이번엔 제대로 손을 잡자는 것입니다."

"풍월을 잡기 위해?"

"예."

"한데 당가가 그만한 역량이 있을까? 과거라면 몰라도 근래 들어선 영 부실하던데. 물론 최근 들어 조금 활약을 하고 있다는 말은 들은 것 같기는 하지만 그래도 믿음이 가질 않아."

한소의 부정적인 반응에 사마조가 미소를 지었다.

"남만 쪽 일을 챙기시느라 아직 저들이 무슨 짓을 꾸몄는지 모르시는군요. 겉으로 보기엔 장로님의 말씀이 맞습니다. 예전에 비할 바가 아니죠. 하나, 어쩌면 지금이 과거의 당가보다 훨씬 강할지도 모릅니다."

"흠, 노부가 모르는 뭔가가 있는 모양이군."

한소가 혓바닥으로 윗입술을 연속적으로 쓸어대며 말했다. 뭔가 궁금한 것이 생기면 나타나는 그의 버릇이다.

"당가에서 독인을 만들었습니다. 지난번에 사로잡은 만독방 놈들을 이용해서."

"허!"

개천회에서 누구보다 견문과 식견이 뛰어난 인물인 그가 독인을 모를 리 없다. 한소의 입에서 절로 탄성이 터져 나왔다.

"얼마나 만든 것인가?"

"대략 삼십 구 정도 되는 것 같습니다만, 얼마나 더 있는지는 가늠할 수 없습니다."

"위력은? 우리가 알고 있는 그 독인의 위력을 그대로 지니고 있던가?"

"현재까지의 보고로는 대충 비슷하지 않을까 싶습니다."

"놀랍군. 독인이 그냥 원한다고 만들 수 있는 것이 아니거늘."

"당령이 만독마존의 비급을 얻었습니다. 게다가 만독방의 무인들까지. 조건은 제대로 갖춰진 셈이지요. 그렇지만 솔직히 저도 몹시 놀랐습니다. 이토록 빠른 시간 내에 그 정도로 완성도 높은 독인을 만들어낼 줄은 상상도 하지 못했으니까요."

"당가에서 전력을 다해 도왔겠지. 독에 관한한 그들만 한 자들이 없으니까. 만독마존의 비급과 당가의 경험이 합쳐졌으니 가능했을 것이네. 흠, 당가의 활약이 비로소 이해가 가는군. 독인을 앞세웠으니 무서울 것이 없겠어. 게다가 궁주란 놈까지 자리를 비웠으니 그야말로 거칠 것이 없었겠지."

"맞습니다. 그들 손에 일곱 개가 넘는 문파들이 쓰러졌습니다. 하지만 중요한 것은 그것이 아닙니다."

"허! 당가 말고 또 다른 뭔가가 있는 건가?"

한소가 놀란 눈으로 물었다.

"당가의 요청으로 무당파를 비롯해 서북무림의 무인들이 패천마궁으로 향하고 있습니다."

"허! 이거야 원. 당령 그 계집애가 아주 작정하고 시작을 했군."

한소의 입에서 연이어 탄성이 터져 나왔다.

"하지만 서북무림의 움직임은 당가의 체면을 세워주기 위한 형식적인 것 아니겠나? 풍월에게 도움을 받은 문파들이 하나둘이 아닌데."

"그들마저 풍월을 좋지 않은 눈으로 보고 있다면요?"

사마조가 의미심장한 눈빛으로 되물었다.

"그들이? 어째서? 그만큼이나 도움을 받아놓고."

한소가 이해가 되지 않는다는 표정을 지었다.

"나름 기회를 잡고 본 회를 공격했으나 남궁세가와 제갈세가는 멸문에 가까운 피해를 당했고, 승천문을 공격했던 형산파 놈들까지 박살이 났습니다. 성공한 곳은 풍월 그자가 갑자기 끼어든 이화원뿐. 그래서인지 정의맹에 모여 있는 자들의 분위기가 묘하다고 하더군요."

"분위기가 묘하다?"

"누군가에게 책임을 전가하고 싶은 것이지요. 그리고 가장 좋은 대상은 잠재적인 적이라 할 수 있는……."

"패천마궁의 궁주다?"

"그런 겁니다."

"정말 병신들만 모였군. 쯧쯧, 그놈이 아니었으면 지금까지 버텨내지도 못했을 놈들이."

한소가 어이가 없다는 얼굴로 혀를 찼다. 심지어 적임에도 욕받이가 되고 만 풍월에게 동정심이 일기도 했다.

"풍월이 바보가 아닌 이상 그런 분위기를 눈치채지 못할 리 없지요. 가장 좋은 상황은 놈이 화를 참지 못하고 분노를 폭발시키는 것이겠지만 놈의 성정상 그럴 것 같지는 않고, 아마

도 정의맹을 떠나 패천마궁으로 돌아갈 것 같습니다. 패천마
궁의 상황도 좋지 못하니까요."

"놈이 패천마궁으로 돌아갔을 때 당가와 손을 잡고 고립된
놈을 제거하자는 말이구나."

"그렇습니다. 운이 좋다면 어쩌면 정의맹에 모여 있는 자들
까지도 패천마궁에 칼을 들이댈 수 있습니다."

"에이, 아무리 그렇기로서니."

한소가 그럴 리 없다는 듯 손을 내젓자 사마조의 눈빛이
살기로 번들거렸다.

"그렇게 만들어야지요. 당가를 돕기 위해 온 서북무림의 무
인들을 이용한다면 길이 보일 것도 같습니다. 지금이야 사방
에서 들이친 적으로 인해 힘을 합치지 못하지만 큰 틀에서 보
면 정무련에 속한 자들이니까요."

"허허! 무섭구나. 놈은 알까? 저를 잡기 위해 당가와 서북무
림, 강남무림, 그리고 본 회까지 움직이고 있다는 것을."

"한 곳 더 있네."

조용히 술잔만 기울이던 사마용이 넌지시 한마디를 건넸
다.

"또 있단 말입니까?"

이제는 놀랄 여력도 없는지 한소가 실소를 지으며 물었다.

"환사도문. 놈들이 패천마궁의 옆구리를 칠 걸세."

한소의 입이 쩍 벌어졌다.

"환사도문까지 움직인 겁니까?"

한소의 물음에 사마용이 양손을 활짝 폈다.

"늦어도 열흘이면 패천마궁에 대한 공격을 시작할 수 있을 걸세. 솔직히 쓰레기 같은 놈들의 도움은 필요도 없어. 당가가 만든 독인과 환사도문의 힘이면 능히 놈을 제어할 수 있다고 보네. 게다가 본 회의 힘까지 더해지면 필살(必殺)이지."

"하지만 서북무림과 강남무림의 참여는 놈에게 심적으로 엄청난 부담을 안겨줄 것입니다. 게다가 사문이나 마찬가지인 화산까지 당가를 돕기 위해 움직이고 있으니 그야말로 사면초가나 다름없지요."

비릿한 살소를 짓는 사마조. 그런 사마조를 보며 사마용이 뭔가 생각났다는 듯 물었다.

"항주의 일은 어찌 되었느냐? 원하는 대로 되었느냐?"

"실패했습니다."

"실패? 여명대에서도 뛰어난 아이들이 움직였다고 하지 않았더냐?"

애당초 계획 자체를 못마땅하게 여겼지 실패를 예상하지 못한 사마용이 놀란 얼굴로 물었다.

"여명대가 도착했을 땐 이미 모조리 사라지고 없었습니다. 조사에 의하면 여명대가 도착하기 하루 전날, 용패라는 자가 놈의 가족들과 접촉을 했다고 합니다."

"용패? 그놈은 또 누구냐?"

"생사의괴가 제자로 삼은 자로 풍월과 모종의 관계가 있는 것으로 파악되었습니다. 아무튼 그자가 풍월의 식솔들을 데리고 바다로 나간 것까지 확인이 되었습니다."

"바다라면… 검선과 마도가 은거한 바로 그곳으로 간 게군."

"그렇게 추측됩니다."

사마조는 풍월의 가족을 잡지 못한 것이 꽤나 아쉬웠는지 입술을 잘근잘근 깨물었다.

"너무 아쉬워할 것 없다. 병든 호랑이를 잡을 때보다 팔팔한 놈을 사냥할 때 더 즐거운 법이니. 당가의 계집에게 즉시 전령을 보내라."

단숨에 술잔을 비운 사마용이 거칠게 잔을 내려놓으며 말했다.

"함께 호랑이 사냥을 하자고."

*　　　　　*　　　　　*

혁련세가의 가주 혁련인이 공석인 정의맹주에 올랐다.

사마세가가 양의 탈을 쓴 늑대로 밝혀지고 누명을 쓴 서문세가가 몰락하면서 삼두 체제로 가던 정의맹에서 유일하게 살아남은 혁련세가가 맹주의 자리를 차지하는 것은 어쩌면 당연한 것이었다. 더구나 유일하게 혁련세가를 위협할 수 있었던 형산파마저 승천문에서의 싸움에서 큰 타격을 받는 바람에 혁련세가를 견제할 세력이 없었다.

남궁세가와 제갈세가의 소식이 전해진 다음 날, 혁련인은 세가의 식솔들을 이끌고 정의맹에 입성했고 그다음 날 만장일치로 맹주의 자리에 추대되었다.

맹주의 자리에 오른 혁련인의 주재로 열린 첫 번째 회의는 침울한 분위기에서 이어졌다. 수많은 의견들이 논의되었고 개천회에 대한 복수를 다짐했지만 정작 그들이 할 수 있는 것은 거의 없었다.

다만 어느 시점에서부터인지 패천마궁, 정확히는 풍월에 대한 성토가 슬금슬금 흘러나오기 시작했다.

사마조가 예상했듯 그들 모두는 누군가에게 책임을 전가하고 싶어 했고 가장 적절한 인물이 풍월이었다.

적이 함정을 파고자 흘린 정보를 맹신하여 아군에게 큰 피해를 입혔다는 명목으로 자칫하면 제갈세가 또한 희생양이 될 수 있었지만 제갈세가가 개천회와 양패구상을 했다는 것이 알려지며 그들에 대한 비난은 조용히 수그러들었다.

하지만 풍월에 대한 비난은 시간이 갈수록 커져만 갔다. 비난 여론에 불을 붙인 것은 극적으로 탈출한 제갈후가 제갈세가를 보호하고 있던 기관진식이 풍월이 사마조에게 건넨 천뇌비록으로 인해 무력화되었을 가능성이 높다는 발언을 하면서였다.

풍월에게 책임을 전가하고 비난을 하면서도 나름 부담을 느끼고 있던 군웅들은 기다렸다는 듯 폭발했다. 온갖 모욕적인 발언이 쏟아졌고 욕설이 난무했다. 확인되지 않은 소문과 유언비어가 난무하는 것은 물론이거니와 풍월과 패천마궁을 개천회와 거의 동급으로 매도하며 배척해야 한다는 의견이 힘을 받기도 했다.

제갈건과 자신의 발언이 불러온 여파에 곤혹스러워하는 제갈후 등이 어떻게든 상황을 수습하려 했지만 회의장의 분위기는 조금도 나아지지 않았다.

새롭게 맹주가 된 혁련인과 혁련세가에서 침묵을 지키는 것도 상황을 악화시키는 데 일조했다. 당연했다. 서문세가의 일로 인해 풍월에게 약점이 잡힌 그들로선 풍월이 군웅들로부터 배척당하는 것을 마다할 이유가 없는 것이다.

난장판이 된 회의장 밖.

회의장의 문을 지키고 있던 이들이 하얗게 질린 얼굴로 우두커니 서 있는 사내, 풍월과 형응을 바라보고 있었다. 당장에라도 안쪽에 전갈을 하고 싶었지만 손가락으로 입술 위를 지그시 누르는 풍월의 동작에 꼼짝할 수가 없었다.

"형님, 듣고만 계실 겁니까?"

형응이 싸늘하게 식은 눈빛으로 물었다.

"듣고 있지 않으면?"

"헛소리하는 것들을 모조리 베어버리겠습니다."

형응이 금방이라도 손을 쓸 것 같은 움직임을 보이자 풍월이 가만히 고개를 저었다.

"됐다. 여기서 저 병신들과 지랄해 봤자 개천회 놈들만 좋아할 뿐이다."

"하면 저런 개소리를 듣고도 참아야 한단 말입니까?"

형응은 좀처럼 화를 삭이지 못했다.

"천뇌비록을 사마조에게 준 것은 사실이니까. 그로 인해 제갈세가가 무너진 것도 사실이고. 그것만으로도 난 할 말이 없다."

풍월이 자책하며 침통한 표정을 짓자 형응이 당치도 않다는 듯 말했다.

"당시엔 사마세가가 개천회라는 것이 밝혀지기 전입니다. 천뇌마존의 유언을 따른 것이 잘못은 아니지요."

"아니, 설사 그렇다고 해도 주지 말았어야 했다. 어느 정도는 눈치채고 있던 상황이었으니까. 설마하니 천뇌비록이 이런 식으로 활용될 줄은 상상도 하지 못했다. 너무 안이했어."

가슴이 답답한지 땅이 꺼져라 한숨을 내쉬던 풍월이 고개를 돌려 회의장을 응시했다.

"우선은 사과부터 해야겠다."

풍월이 회의장의 문을 가볍게 밀었다. 하지만 감정이 격해져 있어서 그런지 자신도 모르게 힘이 들어가 회의장의 문이 박살이 나며 흩어졌다.

시장통을 방불케 하던 회의장에 일순간 침묵이 찾아왔다. 수십 쌍의 눈이 천천히 걸어 들어오는 풍월과 형웅에게 쏠아졌다.

회의장의 중심이 되는 곳, 가장 상석에 새롭게 맹주가 된 혁련인이 앉아 있지만 풍월은 그에게 눈길조차 주지 않았다.

그간 마음고생을 알려주듯 며칠 사이에 십 년은 훌쩍 늙어버린 것 같은 제갈건을 향해 걸어간 풍월이 제갈건과 제갈후를 향해 고개를 숙였다.

"제갈세가의 얘기는 들었습니다. 천뇌비록으로 인해 그런 참화가 일어났으니 뭐라 드릴 말씀이 없습니다."

"아닙니다. 궁주께선 그저 천뇌마존의 유언을 따랐을 뿐입니다. 게다가 사마세가가 개천회임이 드러나지도 않았던 상황이니 당시에 누가 이런 결과를 예측할 수 있었겠습니까? 결코 궁주님의 잘못이 아닙니다."

군웅들의 주장과는 달리 제갈건은 명확하게 선을 그었다.

"나의 경솔한 발언으로 궁주께서 오해를 사고 있으니 참으로 민망하오. 그것이 아니라고 아무리 바로잡으려 해도 다들 듣지를 않는구려."

제갈후가 약간은 원망이 섞인 눈길로 주변을 돌아보았다.

"결과적으로 그리되었으니까요. 아무튼 다시 한번 사죄를 드리겠습니다."

"아닙니다. 궁주의 잘못이 아니니 사죄는 받지 않겠습니다."

제갈건이 정색을 하며 손사래를 쳤다. 그런 제갈건의 모습에 가슴 한편에 돌덩이를 내려놓는 것처럼 답답함과 착잡함을 동시에 느낀 풍월이 씁쓸하게 웃으며 말했다.

"공자의 마음은 가슴에 새기겠습니다. 더불어 제갈세가에 대한 빚은 평생토록 갚도록 하지요."

"빚은 없다고 했습니다. 한데 떠나… 시려는 겁니까?"

제갈건이 살짝 떨리는 음성으로 물었다.

"가야지요. 여기 있어봐야 반겨주는 이도 없는 것 같고, 또 본 궁의 상황이 좋지 않다는 것을 아시지 않습니까?"

당가와 서북무림이 패천마궁을 공격하고 있음을 기억한 제갈건의 안색이 절로 어두워졌다.

"도무지 이해가 가지 않습니다. 당가가 어째서 이런 무리수를 두는지……."

"정상적인 사람이 미친년의 생각을 알 수는 없는 법이니까요. 개인적으로 쌓인 원한이 있다고 해도 이런 짓을 벌일지는 상상도 하지 못했습니다. 그리고 그런 미친 짓에 동조하는 이들이 있을지도요."

순간, 누군가의 입에서 차가운 조소가 흘러나왔다.

"흥! 화산에서 힘을 보탤 정도면 말 다한 것이지. 무림공적이······."

기세 좋게 떠벌리던 사내는 끝까지 말을 잇지 못했다. 어느새 다가온 형웅이 그의 목에 서슬 퍼런 검을 겨누고 있었기 때문이다.

형웅이 검을 꺼내자 주변에서 일제히 무기를 들고 형웅을 경계했다. 곳곳에서 검을 거두라는 외침과 협박이 들려왔다.

형웅은 주변의 분위기는 신경도 쓰지 않고 풍월만 바라보았다.

"밖에서 들은 목소리와 같은 인물이군. 내가 개천회와 한통속일지도 모른다고 했던가."

풍월의 무심한 말에 사내의 얼굴이 하얗게 질렸다.

"나, 나는… 컥!"

형웅의 검이 사내의 목을 번개처럼 스쳐 지나갔다. 사내는 채 말을 끝맺지 못하고 외마디 비명을 내질렀다.

창졸지간에 벌어진 일. 쓰러진 사내의 목에서 핏줄기가 솟구칠 때까지 아무도 반응하지 못했다.

"이게 무슨 짓인가!"

오만한 눈빛으로 상황을 지켜보던 혁련인이 노한 음성으로 외쳤다. 회의장의 분위기 또한 급격하게 얼어붙었다. 모두가 혁련인의 얼굴을 살폈다. 그의 명이 떨어지면 공격이라도 펼칠 것 같은 분위기였다.

풍월이 가볍게 손짓했다. 쓰러진 사내의 옆구리에 매달려 있던 검이 그의 손으로 빨려들어 갔다. 혹여 공격이 있을까 염려한 장로 혁련숭과 호법 서극이 깜짝 놀라 혁련인의 앞을 막아섰다.

혁련인의 얼굴에 눈빛을 고정한 풍월이 손에 든 검을 바닥에 내리꽂았다. 순간, 풍월의 몸에서, 검에서 일어난 기세가 주변에 휘몰아쳤다.

회의장에 일진광풍이 몰아쳤으나 크게 변한 것은 아무것도 없었다.

고개를 돌린 풍월이 제갈건을 향해 가만히 고개를 숙이곤 얼떨결에 마주 인사를 하는 제갈건을 향해 엷은 미소를 지으며 몸을 돌렸다.

풍월이 형응과 어깨를 나란히 하고 걷기 시작했다.

아무도 입을 열지 못했고 아무런 행동도 하지 못했다.

회의장을 빠져나가기 전, 풍월이 잠시 고개를 돌려 엉거주춤 앉아 있는 혁련인과 혁련숭, 서극 등에게 시선을 주었다.

"현명한 선택이었소."

풍월이 피식 웃으며 돌아섰다.

그가 회의장을 나서는 순간, 회의장의 벽면과 지붕이 먼지가 되어 흩날리기 시작하더니 회의장을 지탱하던 기둥들이 하나둘 주저앉기 시작했다.

혁련인이 감히 입을 떼지 못한 이유였다.

제113장

녹림십팔채(綠林十八寨)

　막부산(幕阜山)은 중원의 이름 높은 여러 산들처럼 드높고 웅장한 모습을 지니지는 않았으나 산줄기가 나름 크고 험준한 데다가 굽이굽이 많은 골짜기를 지니고 있었다.

　첩첩산중(疊疊山中)이라는 말이 어느 곳보다 어울리는 막부산 중심에 위치한 녹림십팔채의 총단.

　늘 떠들썩하고 거친 욕설과 음담패설이 난무하는 곳이긴 했지만 오늘따라 그 도가 심했다. 주변에 위치하고 있던 각 산채의 우두머리들이 수하들을 이끌고 모조리 모였기 때문이다.

녹림십팔채라 부르지만 그곳에 속한 산채가 정확히 열여덟 개뿐이라는 뜻은 아니다. 녹림을 대표하는 열여덟 개의 산채를 제외하고도 무수히 많은 산채들이 녹림에 속해 있었다. 속한 인원으로 따지자면 중원에서 가장 방대한 규모를 자랑하는 개방보다 많을지도 모른다는 말이 있을 정도였다.

그런 녹림도의 정점. 녹림의 총채주 포후가 심각하게 굳은 표정으로 턱을 괴고 앉아 손가락으로 탁자를 톡톡 건드리고 있었다.

"생각보다 반발이 심합니다, 아버지."

포후의 장자이자 서른에 불과한 나이로 녹림의 부채주 자리에 오른 포호가 우려 섞인 얼굴로 말했다.

"예상 못 한 바는 아니지 않느냐? 그래도 정면으로 반기를 드는 놈은 없을 것이다."

"하지만……."

"됐다. 그냥 진행해. 거부하는 놈은 본보기로 끝장을 내버리면 그만이다."

"알겠… 습니다. 그래도 이건 너무한 처사입니다. 우리에게 패천마궁의 궁주를 막으라니요. 개천회에서도 어쩌지 못한 고수가 아닙니까. 어느 정도 피해를 감수해야 하는지 가늠조차 되지 않습니다. 아니, 그런다고 하더라도 막을 수 있을지 의심스럽습니다."

"그만해라."

"아무리 쓰다 버릴 말 취급을 한다고 해도 이건 정말 아닙니다."

"그만하라고 했다."

참다못한 포후가 역정을 냈다.

"정면으로 싸우라는 것도 아니고 그저 약간의 시간만 끌면 되는 것이다. 녹림의 힘을 무시하지 마라. 그 정도는 충분히 할 수 있어."

포후는 더 이상 논쟁을 하기 싫다는 듯 의자 깊숙이 몸을 누이고 눈을 감았다. 단호하기까지 한 부친의 반응에 포호는 결국 목구멍까지 치솟은 말을 억지로 집어넣고 몸을 돌릴 수밖에 없었다.

$$* \qquad * \qquad *$$

"잠시 쉬도록 하자."

앞장서서 일행을 이끌고 있는 황천룡의 말에 풍월이 고개를 들어 앞을 가로막고 있는 커다란 봉우리를 바라보며 말했다.

"저 산을 넘고 쉬는 게 낫지 않아요?"

"산이 제법 깊어. 저 봉우리를 넘는다고 끝이 아니야. 시작이지. 휴식을 취하고 움직이는 것이 무리가 없다."

잠시 생각하던 풍월이 고개를 끄덕였다. 인근 지역의 지리를 누구보다 잘 알고 있는 황천룡의 말이기에 신임을 할 수가 있었다.

"저 봉우리를 비롯해서 세 개의 산을 넘으면 마을이 나온다. 제법 규모도 있는 것이 단순히 촌 동네는 아니야. 충분히 휴식을 취할 수 있을 거다."

"쌍학촌(雙鶴村)이군요."

유연청이 말했다.

"네, 아가씨. 쌍학촌입니다. 기억하고 계시는군요."

"그럼요. 어찌 잊겠어요."

유언청이 쓸쓸한 표정을 지으며 고개를 숙였다.

풍월이 무슨 일이냐는 듯한 눈빛으로 황천룡에게 턱짓을 했다.

"아가씨 모친의 고향입니다. 말하자면 외가지요."

"아!"

풍월이 탄성을 터뜨리자 유연청이 애써 밝은 표정으로 고개를 저었다.

"하지만 이제 아는 사람도 없어요. 아는 사람은 이미 모두……."

유연청은 말을 잇지 못하고 눈물을 흘렸다. 풍월이 안쓰럽단 표정으로 그녀를 안아주었다.

유연청의 외가라면 당연히 녹림과도 연관이 있을 터. 녹림에 반역이 벌어진 이상 그 화가 외가에도 미쳤을 것은 당연한 이치였다.

"그래도 잠깐 들러보는 게 어때?"

풍월의 물음에 눈물을 훔친 유연청이 엷은 미소를 지으며 고개를 저었다.

"나중에요. 나중에 기회가 있으면요."

애써 담담히 얘기하는 유연청을 안쓰럽게 바라보던 풍월의 눈빛이 살짝 바뀌었다.

"황 아저씨, 인근에 산채가 있습니까?"

"산채? 있지. 용아채(龍牙寨)라고 다섯 손가락 안에 드는 강성한 산채야. 우리가 이동하는 방향과는 다소 떨어진 곳에 위치하고는 있지만."

"관계는 어떻습니까?"

"개쌍놈들이지. 와호채가 반역을 시작했을 때 누구보다 먼저 등을 돌린 놈이다. 사실상 반역의 주역이나 마찬가지야."

분통을 터뜨리던 황천룡이 유연청을 힐끗 바라보더니 말을 이었다.

"쌍학촌에 있는 아가씨의 외가도 그놈들이……."

풍월이 손을 들어 황천룡의 말을 끊었다.

"확실히 대담한 놈들이네요. 대낮에 기습을 하려는 것을 보면."

"기습… 이라니?"

황천룡이 깜짝 놀란 얼굴로 되물었다. 대답은 풍월이 아니라 느닷없이 날아든 화살이 대신해 주었다.

"기습이다!"

천마대주 물선의 음성이 쩌렁쩌렁 울렸다.

화살이 만들어낸 파공성에 이미 적의 등장을 눈치챈 천마대원들의 움직임은 무척이나 기민했다. 저마다 은폐물을 찾아 몸을 숨기거나 동료와 등을 맞댄 채 날아오는 화살을 일일이 쳐냈다. 대부분의 화살은 아무런 피해도 주지 못하고 부러져 나갔지만 간간이 섞여 있는 쇠뇌로 인해 몇몇 대원이 경미한 부상을 당하고 말았다.

"형웅."

풍월이 형웅을 불렀다. 따로 명을 내릴 필요가 없었다. 풍월의 부름을 듣자마자 몸을 날린 형웅이 화살 비를 뚫고 움직였다. 형웅이 숲으로 사라지는 것과 동시에 그쪽에서 날아들던 화살이 일제히 멈췄다.

"위지평."

풍월이 위지평을 부르며 형웅과 반대쪽의 숲을 가리켰다.

위지평은 일체의 주저함도 없이 풍월의 손끝이 가리키는 방향으로 몸을 날렸다. 밀은단원들이 위지평의 뒤를 따랐다. 밀은단이 숲으로 사라지자 그쪽 방향에서 날아들던 화살도 멈췄다.

"천마대!"

양쪽에서 날아들던 화살이 사라지자 한결 여유를 찾은 물선이 검을 치켜세우며 소리쳤다.

"공격하랏!"

명을 내림과 동시에 가장 먼저 뛰쳐나가는 물선. 곧바로 따라붙은 부대주 협생과 어깨를 나란히 한 물선은 검을 풍차처럼 회전을 시키며 자신들을 향해 집중적으로 쏟아지는 화살을 간단히 무력화시켰다.

물선을 필두로 천마대의 실력자들이 적진에 난입하자 화살을 날리던 적들은 대항을 포기하고 일제히 도주하기 시작했다. 하지만 좌측의 적들을 제거하고 우회한 형옹이 그들의 도주로를 막고 있었다.

위지평이 밀은단을 이끌고 합류하고 천마대까지 강력하게 압박을 하자 적들은 미련 없이 활을 던지고 항복을 했다.

옥쇄를 각오한 대항까지는 생각하지 않았지만 생각보다 너무 빠른 항복에 다들 어이가 없을 지경이었다.

"용아채 놈들이 맞다. 다른 산채 놈들도 섞여 있고. 하지만 제대로 된 놈들은 거의 없어."

"그럴 줄 알았습니다. 화살에 생각보다 힘이 없더라고요. 쇠뇌를 빼면."

"무슨 수작인지 모르겠다. 죽을 각오를 하고 모조리 덤벼도 손짓 한 번에 쓸릴 놈들이 이런 식의 기습이라니."

황천룡은 녹림십팔채에서도 손에 꼽히는 전력을 지닌 용아채의 기습 같지도 않은 기습에 당혹스러운 표정을 지었다.

"그거야 확인을 해보면 알겠지요. 용아채가 인근에 있다고 했지요?

"그, 그랬지."

황천룡이 불길한 눈길로 고개를 끄덕였다.

"형응."

"예, 형님."

"놈들이 무슨 짓을 꾸미는지 확인을 좀 해야겠다. 황 아저씨하고 다녀와."

"알겠습니다."

간단히 대꾸한 형응이 황천룡의 팔소매를 낚아채더니 그가 미처 말을 꺼내기도 전에 앞으로 내달렸다.

좌측 숲으로 사라지는 형응과 힘없이 끌려가는 황천룡을 지켜보던 풍월이 유연청에게 말했다.

"안내를 부탁해도 될까?"

"물론이에요."

유연청이 환한 얼굴로 고개를 끄덕였다.

휴식을 마치고 이동을 시작한 풍월은 세 개의 봉우리를 넘어 쌍학촌에 도착할 때까지 두 번의 공격을 더 받았다. 앞선 공격보다 나름 치밀하고 조직적인 기습이었지만 이미 만반의 준비를 하고 있던 천마대는 공격이 시작되는 것과 동시에 역공을 펼쳐 적을 괴멸시켜 버렸다.

첫 번째 공격을 하다가 항복을 했던 자들이 비록 병신이 될망정 대부분이 목숨을 건진 것에 비해 두 번째, 세 번째 공격을 했던 자들 중 취조를 위해 일부러 살려놓은 자들을 제외하곤 단 한 명도 살아남지 못했다.

패천마궁에서도 가장 악명을 떨친, 패천마궁에 속한 이들은 물론이고 정파무림에서도 가장 두려워했던 사귀대가 모여 만들어진 천마대다.

풍월의 영향으로 그들의 포악한 성정이 다소 누그러졌다고는 하나, 자신들을 노리는 적을 만나자 그 본색이 어김없이 드러났다. 그리고 풍월은 굳이 그들을 제지하지 않았다.

"용아채는 텅 비어 있었다. 다만 모든 물건들이 그대로 있는 것을 보아 아예 산채를 버린 것은 아니다."

"제대로 붙어보고 싶은 모양이네요."

풍월이 웃으며 말했다.

"아마도 그런 것 같다. 처음도 그랬지만 연이은 공격에서 다른 산채 놈들까지 합류를 했다면서?"

황천룡의 물음에 풍월이 포로들을 심문했던 위지평을 힐끗 바라보며 고개를 끄덕였다.

"그런 것 같더군요."

"거리상 용아채와 힘을 합칠 만한 산채라면 대략 다섯 곳 정도가 있지. 숫자만 따지자면 적어도 칠팔백은 될 거다."

"휘유! 무슨 산적들이 그리 많답니까?"

산적이란 말에 몸이 살짝 움찔거렸지만 황천룡은 내색하지 않고 입을 열었다.

"그놈들 모두가 녹림십팔채 중에서 열 손가락 안에 꼽히는 놈들이니까. 한데 내 생각엔 그놈들뿐만이 아닌 것 같단 말이지."

"아니면요?"

"어쩌면 총채주가 총동원령을 내렸을 수도 있다는 생각이 든다. 시간상 멀리 떨어진 곳에 위치한 산채에서야 움직일 수 없겠지만, 우리의 이동 경로를 중점으로 파악해 보건대 적어도 열세 곳의 산채와 부딪칠 수밖에 없어. 그들의 영향력 아래 놓여 있는 산채들까지 합치면 그 수가 기하급수적으로 늘 것이고."

"상관없습니다. 머릿수만 많다고 강한 것은 아니니까. 그 정도도 뚫어내지 못하면 천마대란 이름을 버려야지요."

풍월의 말에 물선이 가슴을 탕탕 치며 말했다.

"명만 내려주십시오. 녹림이건 뭐건 모조리 쓸어버리겠습니다."

가만히 손을 들어 흥분한 물선을 진정시킨 풍월이 황천룡에게 술잔을 내밀었다. 반역자들로 인해 지옥의 구렁텅이로 내몰리고 있는 녹림을 걱정하며 한숨을 내쉬던 황천룡이 힘없이 잔을 받았다.

"아까 취조한 결과 중에 재밌는 말이 있더라고요."

"재밌는 말? 그게 뭔데?"

황천룡이 술잔에 가득 담긴 술을 단숨에 들이켜곤 물었다.

"목숨을 걸 필요까지는 없고 그저 시간만 끌면 된다는 명령을 받았다고 하네요."

"시간을 끌어? 병신 같은 놈들! 그게 제 놈들한테 무슨 이득이 있다고?"

황천룡의 입에서 거친 욕설이 터져 나왔다.

"녹림이 아니라 개천회에 이득이 있겠지요. 아니면 당가? 흠, 그럴 수도 있겠네."

뭔가를 깨달았는지 풍월이 무릎을 탁 쳤다.

"뭔 소리야?"

"녹림이 개천회에 장악됐다는 것은 천하가 다 아는 사실입니다. 한데 그자들이 전력을 다해 우리의 길을 방해하고 나섰

습니다. 우리가 시간을 뺏겼을 때 가장 이득을 많이 보는 곳
은 어딜까요?"

황천룡은 갑작스러운 질문에 답을 하지 못했다.

"당가요."

기다렸다는 듯 대답한 유연청이 모두의 시선이 자신에게
향하자 말을 이었다.

"독인들을 이용해 마음껏 패천마궁을 유린할 테니까요. 더
불어 우리와 충돌하기 전, 아직 도착하지 않은 서북무림과 합
류할 것이고요. 아닌가요?"

유연청이 풍월에게 물었다.

"그런 의도인 것 같아. 그러니까 양쪽 모두 최대한의 전력으
로 싸울 수 있게 개천회에서 시간을 벌어준다는 것이지. 친절
하게도 말이야."

실소를 내뱉던 풍월이 정색을 하며 말을 이었다.

"거기에 하나 더. 갑자기 든 생각인데 개천회와 당가가 손
을 잡은 것은 아닌가 하는 의심이 들어."

"말도 안 되는 소리. 하는 짓이 미쳐서 그렇지, 명색이 당가
야."

황천룡이 어이가 없다는 얼굴로 고개를 저었다.

"저도 아닌 것 같아요. 상황이 공교롭게도 이리 되었지만
황 아저씨 말대로 당가가 개천회와 손을 잡는 그림은 그려지

지 않네요."

유연청도 고개를 저었다.

"너는 어때?"

풍월이 형웅에게 물었다.

"충분히 가능성이 있을 것 같습니다. 당령이란 계집이 가주
가 된 순간, 당가는 더 이상 과거의 당가가 아니니까요."

"그렇지? 아주 쓸데없는 가정은 아니야. 아무튼 개천회 놈
들이 녹림을 동원해 우리의 움직임을 방해하려는 것이 확실해
진 이상 이대로 끌려갈 것이 아니라 우리도 뭔가를 보여줘야
된다고 보는데……."

잠시 말을 줄인 풍월이 황천룡에게 시선을 주었다.

"황 아저씨, 최단 거리로 달린다면 얼마나 걸릴까요?"

"최단 거리? 어디… 를?"

황천룡이 마구 흔들리는 눈빛으로 물었다.

"녹림십팔채의 총단. 하루가 급한데 이런 곳에서 시간을 허
비할 수는 없잖아요. 수족들이 귀찮게 굴면서 시간을 끌려
하니 아예 머리를 날려 버리는 것이 나을 것 같아서요. 이참
에 잃어버린 자리도 찾고."

풍월이 유연청을 향해 씨익 웃었다.

황천룡은 멍한 얼굴로 아무런 대답도 하지 못했다. 그런 황
천룡을 대신해 유연청이 빠르게 입을 열었다.

"이곳에서 총단이 위치한 막부산까지는 정확히 백오십 리 길이에요. 전력을 다해 이동한다면 한나절이면 도착할 수 있어요."

말을 하고 조금은 민망했는지 붉어진 얼굴로 고개를 숙였다.

"백오십 리라."

대충 거리와 시간을 가늠해 본 풍월이 위지평을 향해 고개를 돌렸다.

"위지평."

"예, 궁주님."

"막부산으로 간다. 밀은단이 먼저 출발하여 혹시 모를 적들의 간자를 모조리 제거해라."

"존명!"

위지평이 군말 없이 명을 받았다. 과거엔 호위대의 본분을 지키고자 풍월의 곁을 떠나는 것을 상당히 꺼려했지만 지금은 그렇지 않았다.

"길잡이가 필요할 것 같은데……."

풍월이 황천룡을 바라보자 황천룡이 정색을 하며 고개를 저었다.

"길잡이 하느라 힘을 빼고 싶진 않다. 숨통을 끊어버려야 할 놈이 수백이야."

풍월이 녹림십팔채의 총단으로 간다는 것이 어떤 의미인지 누구보다 잘 알고 있는 황천룡이 전의를 다지며 말했다.

"알았습니다. 마음껏 날뛰어보세요."

가볍게 웃은 풍월이 은혼에게 시선을 주었다.

"은 형도 막부산으로 가는 길을 알죠?"

"물론입니다."

은혼이 위지평의 곁에 섰다.

"그럼 부탁합니다. 위지평."

"예, 궁주님."

"이번 작전은 완벽한 비밀이 유지되어야 한다. 한 놈의 간자도 놓쳐선 안 될 것이다."

"목숨으로 완수하겠습니다."

"물선."

풍월이 천마대주를 불렀다.

"예, 궁주님."

"밀은단과 보조를 맞출 수 있는 실력자로 열 명을 추려 지원해라."

"알겠습니다."

"또한 지금부터 두 시진 동안 휴식을 취한다. 출발은 대충 술시(戌時: 19시~21시)가 되겠군. 아침이 오기 전 도착하는 것을 목표로 한다."

"존명!"

밤새 백오십 리를 이동한다는 것은 결코 쉬운 일이 아니다. 하나 물선은 표정 하나 변하지 않고 명을 받았다.

*　　　　　*　　　　　*

"아버님."

문밖에서 들리는 음성에 막 잠을 청하기 위해 자리에 누웠던 포후가 몸을 일으켰다.

"들어오너라."

문이 열리고 포호가 조금은 상기된 얼굴로 들어왔다. 포호는 침상에 나신으로 널브러져 있는 두 명의 여인을 보곤 살짝 미간을 찌푸렸다.

"너희들은 잠시 나가 있거라."

포후의 명에 이불보로 대충 몸을 감싼 여인들이 서둘러 방을 나섰다.

"어머님의 노여움이 대단합니다."

"흥! 다 늙어서 질투는. 신경 쓸 것 없다. 쓸데없는 소리 하지 말고 이 밤에 찾아온 것을 보니 할 말이 있는 것 같은데. 그래, 무슨 일이냐?"

포후의 물음에 포호가 나직이 한숨을 내쉬곤 손에 들린 서찰을 내밀었다.

"용아채에 나가 있는 아이들에게서 연락이 왔습니다."

포후가 건네받은 서찰을 툭 던지곤 물었다.

"뭐라더냐?"

"패천마궁 놈들이 쌍학촌에 도착했다고 합니다. 그사이 세 번의 공격이 있었고요."

"당연히 실패를 했을 테고."

"예, 변변한 성과도 거두지 못한 모양입니다. 공격을 했던 놈들 역시 대다수가 목숨을 잃었고요."

포호는 대다수가 목숨을 잃었다는 말에 힘을 실었지만 포후는 조금도 신경 쓰지 않았다.

"상관없다. 어차피 그렇게 쓰다가 뒈질 놈들이야. 실력도 없고. 설마 용아채의 주력이 당한 것은 아니겠지?"

"예, 첫 공격이 시작되기 한참 전부터 산채를 비웠다고 합니다."

"하긴, 그 꼼꼼한 친구가 수하들을 헛되이 죽게 하지는 않았을 테니까."

포후가 용아채의 채주가 머물고 있는 전각 쪽으로 고개를 돌리며 껄껄 웃었다.

"처음이야 시시하게 시작을 했지만 가랑비에 옷 젖는 줄 모른다고 조금씩 강도를 높이라고 확실하게 못을 박아. 행여나 몸을 사리면 확실하게 대가를 치를 것이란 경고도 하고."

"이미 그렇게 조치해 두었습니다."

"잘했다."

"한데 정확히 얼마나 시간을 끌어야 하는 것입니까? 경고
도 목표를 정확히 알아야 제대로 먹힐 것 같습니다. 패천마궁
의 행로에 걸쳐 있는 산채의 식솔들이 너무도 불안해합니다."

"그렇잖아도 연락이 왔다."

포후가 손가락 두 개를 펼쳤다.

"이틀, 정확히 이틀만 끌면 된다."

이틀이란 말에 포호의 안색이 절로 환해졌다. 천하의 패천
마궁이라지만 이틀 정도 시간을 끄는 것은 큰 무리가 없을 것
같았다.

"한데 어째서 이틀일까요? 저쪽에서 대체 무슨 일이 벌어지
는 것인지 모르겠습니다."

포호가 고개를 갸웃거리며 물었다.

"아, 언뜻 듣기론 뭔가를 기다린다는 것 같은데 그게 뭔지
는 나도 잘 모르겠다. 굳이 알고 싶지도 않고."

포후가 귀찮다는 듯 고개를 저었다.

이틀이란 시간, 그것이 환사도문이 패천마궁에 도착하는
데 걸리는 시간이라는 것을 그들은 상상도 하지 못했다.

                    *   *   *

　새벽이 오기 전, 아직도 온 세상이 암흑에 잠겨 있을 때 쌍학촌을 떠난 풍월과 천마대가 은밀히 막부산을 오르고 있었다.

　앞장서서 일행을 이끌던 황천룡이 갑자기 걸음을 멈추고 손을 들었다.

　"바로 공격할 생각은 아니지?"

　황천룡이 뒤따라오던 풍월에게 물었다. 풍월이 힐끗 고개를 돌려 천마단을 바라보았다.

　쌀쌀한 날씨에도 저마다 땀을 비처럼 쏟고 있었다. 독기로 똘똘 뭉친 천마단이라지만 밤새워 백오십 리를 주파하는 것은 결코 쉽지 않았던 모양이었다. 그대로 공격을 했다간 변변히 힘도 써보지 못하고 당할 것 같았다.

　"조금 쉬기는 해야 할 것 같네요."

　"그럼 이곳에서 쉬자. 저 봉우리만 돌아가면 녹림십팔채의 총단이야. 사이사이 경계도 심하고 촘촘히 함정도 설치가 되어 있어 조용히 접근하기가 쉽지 않아. 딱히 쉴 만한 곳을 찾기도 힘들고."

　"그러죠."

　풍월은 별다른 말없이 황천룡의 의견을 받아들였다. 그는 막부산의 지형을 손금 보듯 하는 황천룡의 판단을 믿었다.

"위지평."

풍월이 주변의 간자들을 모조리 제거하라는 임무를 완벽하게 완수하고 일각 전에 합류한 위지평을 불렀다.

"예, 궁주님."

"밀은단이 마지막까지 수고를 해줘야겠다. 주변 경계를 부탁한다."

"맡겨주십시오."

위지평은 군말 없이 명을 받고 몸을 돌렸다.

밀은단과 밀은단을 지원했던 천마대원들이 사방으로 흩어져 경계를 하는 사이 천마대는 최대한 편안한 자세로 휴식을 취했다.

공격을 코앞에 두고 있음에도 대부분이 잠을 청했다. 짧은 시간이나마 잠을 자는 것과 그렇지 않은 것에 큰 차이가 있기 때문이었다. 물론 그 같은 행동은 경계를 맡은 밀은단에 대한 완벽한 신뢰가 있기에 가능한 것이었다.

천마대에게 휴식을 명한 지 한 시진이 가까워질 무렵, 칠흑같은 어둠은 이미 걷혀 주변 사물을 충분히 식별할 수 있을 때쯤 가부좌를 틀고 앉아 운기조식을 하는 것으로 잠을 대신하던 풍월이 가만히 눈을 떴다.

풍월이 천천히 몸을 일으키자 먼저 눈을 뜨고 대기하고 있던 물선이 나직이 휘파람을 불었다.

바람결에 스치는 듯한 휘파람 소리에 잠을 자고 있던 천마 대원 전원이 눈을 뜨고 몸을 일으켰다.

"공격은 반각 후, 준비해라."

명을 받은 물선이 공격 준비를 하기 위해 수하들에게 향하 자 풍월이 때마침 곁으로 다가오는 황천룡을 향해 고개를 돌 렸다.

"선봉은 아저씨가 설 거죠?"

"당연하지."

"저도 가요."

유연청이 착 가라앉은 음성으로 말했다. 눈빛이 살짝 흔들 리는 것이 풍월이 반대할 것을 걱정하는 듯했으나 그녀가 어 떤 심정인지 뻔히 알고 있는 풍월은 그녀가 선봉에 서는 것을 반대하지 않았다. 오히려 당연하게 여겼다.

"그렇게 해. 그리고 확실하게 전해. 항복하는 자만이 살 수 있다고."

조금은 냉정한 말투에 유연청이 흠칫 몸을 떨었다. 하지만 이내 고개를 끄덕였다. 녹림십팔채가 이미 개천회의 주구로 변한 이상 애당초 그만한 희생을 치르지 않고는 정상으로 되 돌릴 수도 없었다.

"생각보다 많은 놈들이 몰려 있지만 차라리 잘됐습니다. 대가리만 날리면 금방 수습될 겁니다. 어차피 밑에 놈들은 아무것도 모르고 따르는 것뿐이니까요."

유연청의 손을 가만히 잡으며 서로 각오를 다진 황천룡이 풍월을 향해 말했다.

"반각 지난 것 같은데."

풍월이 피식 웃으며 고개를 끄덕였다.

"그런 것 같네요. 그럼 시작하시죠."

풍월의 허락을 받은 황천룡이 준비를 끝낸 천마대를 향해 걸어갔다.

"잘 부탁한다."

황천룡의 말에 천마대는 가볍게 무기를 드는 것으로 대답을 대신했다.

황천룡과 유연청의 시선이 허공에서 마주치기를 잠깐, 두 사람이 동시에 몸을 날렸다.

녹림십팔채의 총단으로 향하는 길은 두 갈래다.

좌측 계곡을 따라 이동하는 길은 험하지만 거리가 짧았고 우측 소로를 따라 이동하는 길은 거리는 멀었지만 비교적 평탄했다.

좌측 계곡 길로 향하는 황천룡을 지원하기 위해 물선이, 우측 소로로 향하는 유연청의 뒤를 따라 부대주 협생이 절반의 대원을 이끌고 함께했다.

"우리도 가자."

풍월이 형응의 어깨를 툭 치며 말했다.

형응은 당연하다는 듯 유연청의 뒤로 따라붙는 풍월을 보며 반대편으로 몸을 날렸다.

"크헉!"

외마디 비명과 함께 첫 번째 희생자가 나왔다.

바람처럼 내달리는 유연청의 검에 경계 근무를 교대하던 네 명의 사내들이 동시에 목을 잡고 비틀거렸다. 유연청은 그들의 죽음을 확인할 것도 없다는 듯 걸음을 늦추지 않았다.

"매섭네."

풍월은 일검에 네 명의 숨통을 끊어버리는 유연청의 실력에 깜짝 놀랐다. 최근 들어 그녀의 실력을 확인하지 못했는데 이전보다 훨씬 강해진 것이 아닌가.

'어쩌면 황 아저씨보다 강할 수도 있겠는데.'

혀를 내두르며 뒤를 따르는 사이 유연청은 이미 또 다른 적을 베고 있었다. 그녀가 전광석화처럼 경계조를 무너뜨리고 있을 때 막부산을 깨우는 경적 소리가 들려왔다.

소리가 들려오는 방향을 볼 때 황천룡과 물선의 움직임이 들킨 것이 틀림없었다.

"쯧쯧, 조심하지 않고."

풍월이 갑자기 속도를 높이는 유연청의 뒤로 따라붙으며 혀를 찼다.

경계병들이 부산히 움직이는 것이 보였으나 유연청의 움직임엔 거침이 없었다. 그녀의 검이 번뜩일 때마다 외마디 비명이 터져 나왔다. 두 번도 없다. 그 누구도 그녀의 일검을 받아내지 못했다.

소로의 끝, 주변이 갑자기 환해지며 거대한 산채가 모습을 드러냈다. 빽빽이 늘어선 나무, 암석 등을 이용하여 지어진 산채의 규모는 어지간한 성에 못지않을 정도였다. 특히 산채로 통하는, 양 절벽 사이에 세워진 오장 높이의 정문은 보는 것만으로도 기가 질릴 정도였다.

"산적 놈들이 이 무슨……."

풍월은 녹림십팔채 총단의 규모에 입을 쩍 벌렸다. 천마대원들 역시 놀라기는 마찬가지였다. 물론 천하제일이라는 패천마궁의 총단 규모와는 비교 자체가 안 되겠지만 이런 산속에 이만한 산채가 존재하는 것 자체가 대단한 것이었다.

도망치는 경계병들의 생사와는 무관하게 살짝 열렸던 정문이 굳게 닫히고 천연과 인공이 가미된 산채의 성벽에 수많은 산적들이 모습을 드러냈다.

"오른쪽은 경사가 급해서 공략하기가 마땅치 않아요. 왼쪽 측면을 공격하기로 해요. 지키는 사람이 훨씬 많더라도 그쪽이 편해요."

협생에게 의견보다는 명령에 가까운 말을 전한 유연청이 바위와 바위 사이를 목책으로 연결한 곳을 향해 달리기 시작했다.

"천마대! 공격!"

협생의 힘찬 외침과 함께 천마대원들이 일제히 함성을 내지르며 유연청의 뒤를 따랐다.

그녀와 천마대원들이 좌측의 목책에 도착하기 직전, 후미에서 느닷없는 파공성이 들려왔다.

유연청과 천마대원들이 일시에 공격을 멈출 정도로 강렬한 파공성. 깜짝 놀라 고개를 돌리는 그들의 눈에 정문을 향해 날아가는 한 줄기 빛이 들어왔다.

쾅!

강렬한 충돌음이 막부산을 뒤흔들었다.

빛줄기에 강타당한 정문이 쩍쩍 갈라지기 시작하더니 요란스러운 굉음과 함께 힘없이 무너져 버렸다.

사방으로 흩어지는 파편 사이에서 한 자루의 칼이 솟구쳤다.

거대한 정문을 산산조각 내버린 후, 우아하게 주인에게 되돌아온 칼, 묵뢰를 낚아챈 풍월이 유연청에게 무너진 정문을 가리키며 말했다.

"오랜만에 돌아온 집인데 당당히 정문으로 가야지."

호의를 거절할 이유가 없었다. 그 호의가 사랑하는 사람이 자신을 위해 베푼 것이라면 더욱더.

환한 미소를 지어 보인 유연청이 곧바로 방향을 바꿔 정문으로 내달렸다.

밤새 욕망을 채우고 깊은 잠에 취해 있던 포후가 눈을 뜬 것은 요란스럽게 울리는 타종 소리와 경적 때문이었다.

"새벽부터 이 무슨……."

제대로 눈을 뜨지 못하고 화를 내던 포후의 말이 끝나기도 전이었다. 벌컥 문이 열리며 포호가 방으로 뛰어들어 왔다.

"아버지!"

격앙된 음성이나 표정이 예사롭지 않았다. 무엇보다 이런 새벽에 방에 뛰어들 문제가 뭐란 말인가!

포후가 잠이 확 달아난 표정으로 벌떡 상체를 세웠다.

"무슨 일이냐?"

"적이 쳐들어왔습니다."

"적?"

포후가 놀란 눈을 치켜떴다.

"예, 정확한 규모를 알 수는 없지만 만만치 않은 놈들인 것 같습니다. 이미 정문이 뚫렸다는 전갈입니다."

포호의 음성엔 다급함이 실려 있었다.

"누구냐? 어떤 놈이 감히… 설마 반란이냐?"

포후의 얼굴이 심각하게 변했다. 반란을 통해 녹림을 집어삼킨 이력이 있기에 누구보다 내부의 반란을 두려워했다.

"그건 아닌 것 같습니다."

"아니면 누구란 말이냐?"

어느새 몸을 일으켜 무복을 챙겨 입은 포후가 애도를 움켜쥐며 물었다.

"아직 확인되지 않았습니다만……."

포호가 말꼬리를 흐리자 포후가 화난 얼굴로 다그쳤다.

"짐작하고 있구나. 말해봐라. 어디냐?"

"어쩌면 패천마궁일지도 모른다는 생각이 들었습니다."

"패천마궁? 말이 되는 소리를 해야지. 지난밤에 다름 아닌 네가 놈들이 쌍학촌에 머물고 있다고 보고했다. 아니냐?"

"그랬습니다."

"상식적으로 말이 된다고 보느냐? 거기서 여기까지의 거리가 얼마인데. 족히 백오십 리는……."

포후의 말이 갑자기 끊겼다.

백오십 리라는 거리. 상식적으론 말이 되지 않는다. 일반인이라면 족히 이삼 일은 부지런히 걸어야 당도할 수 있는 거리다. 하지만 무림인이라면 다르다. 다소 무리를 하여 서두른다면 반나절이면 능히 도착할 수 있었다.

"놈들을 감시하는 아이들에게서 혹여 연락이 온 것이 있느냐?"

포후가 불안한 얼굴로 물었다.

"없었습니다. 쌍학촌에 여장을 풀었다는 전서가 마지막이었습니다."

"다른 놈들은? 혹시 몰라 주변에 꽤나 많은 놈들을 깔아두었잖느냐?"

"그들에게서도 아무런 연락이 없었습니다."

"결론은 하나구나. 모조리 제거가 되었거나 아니면 애당초 패천마궁이 아니거나."

하지만 문을 밀치며 방을 나서는 포후의 표정은 전자라 확신하는 것 같았다.

제114장

폭풍(暴風)은 몰려오고

　풍월의 배려(?)로 손쉽게 정문을 뚫고 안으로 진입한 유연청은 매섭게 검을 휘둘렀다.

　제대로 벼려진 그녀의 검이 번뜩일 때마다 정문을 막기 위해 몰려들던 무수한 적들이 피를 뿌리며 쓰러졌다. 그녀를 따라 곧바로 정문으로 난입한 천마대의 활약도 대단했다. 패천마궁의, 무림의 공포로 군림하던 사귀대 때보다 훨씬 강력해진 무공을 앞세우며 아직 제대로 반격할 준비를 하지 못하고 있는 적들을 마음껏 학살했다.

　정문이 박살 나고 반각도 되지 않아 수십 구의 시신이 처참

한 모습으로 널브러지고 그들이 흘린 피가 바닥을 붉게 물들였다.

압도적인 힘으로 적들을 찍어 눌러 버린 유연청과 천마대가 초반의 기세를 완전히 틀어쥔 상황.

정문을 수비하는 경계병과 가장 가까운 곳에서 달려온 녹림도가 모조리 몰살당한 시점에서 본채의 병력과 때마침 총단을 방문한 각 산채의 병력이 쏟아져 나왔다.

주변을 새까맣게 뒤덮으며 달려오는 녹림도의 모습에 잠시 호흡을 고르고 있던 유연청의 얼굴에 긴장의 빛이 흘렀다. 그녀가 이끄는 천마대의 숫자는 대략 삼십 명, 황천룡과 나머지 천마대가 도착을 한다고 해도 육십 남짓한 인원이다. 하지만 당장 눈에 보이는 적의 수만 해도 수백에 이를 정도였다.

"걱정하지 마십시오. 숫자만 많을 뿐 오합지졸에 불과합니다."

유연청이 긴장했다고 여겼는지 곁으로 다가온 협생이 조심스레 말했다. 다른 사람도 아니고 장차 패천마궁의 안주인이 될 유연청의 심기를 거스르는 것은 아닌지 무척이나 조심하는 태도였다.

"물론이지요. 이렇게 든든한 지원군이 있는데요."

유연청이 협생과 천마대를 보며 웃었다. 하지만 그녀가 믿는 가장 든든한 지원군은 당연히 풍월이었다.

본채에서 쏟아져 나온 적들과 충돌하기 직전, 계곡 쪽으로 움직였던 황천룡과 물선이 도착을 했다. 나름 격전을 펼친 것인지 그들의 옷 곳곳엔 피가 묻어 있었다.

"늦었잖아요."

유연청의 핀잔에 황천룡이 민망한 표정을 지으며 말했다.

"죄송합니다, 아가씨. 하필이면 순찰을 돌던 경비대장 놈을 만나서 그렇게 되었습니다. 조용히 제거를 해야 할 놈들까지 모조리 눈치를 채고 달려드는 통에 시간이 좀 걸렸습니다."

"경비대장은요?"

"이 피가 놈의 것입니다. 와호채 출신이더군요. 해서 심장을 헤집어주었습니다."

황천룡이 피로 물든 검을 살짝 흔들며 웃었다.

와호채란 말에 유연청의 눈빛이 매서워졌다.

와호채는 포후를 배출해 낸 곳이다. 녹림을 장악한 포후는 와호채의 수뇌들을 핵심적인 자리에 대거 배치했다. 외각 경비를 책임지는 자리 역시 직계 수하라 할 수 있는 와호채 출신의 차지였다.

"잘하셨어요."

짧게 대꾸한 유연청이 몸을 돌려 적진으로 뛰어들었다. 곧바로 따라붙은 황천룡과 천마대가 압도적인 실력을 바탕으로 끊임없이 몰아쳤다.

물량 공세를 펴는 녹림의 저항도 만만치 않았으나 애당초 수준 차이가 너무 심했다. 짧은 시간, 사상자가 눈덩이처럼 불어났다.

일방적인 학살은 포후를 비롯해 녹림십팔채의 핵심 수뇌들과 총단을 방문한 각 산채의 수장들이 도착할 때까지 이어졌다.

전장에 도착한 포후는 학살당하는 수하들을 즉시 퇴각시키고, 녹림의 핵심 전력이라 할 수 있는 녹풍대를 전면에 내세웠다. 전 녹림대제가 심혈을 기울여 키워낸 녹풍대에 비할 바는 아니다. 그래도 저마다 상당한 수준의 무위를 자랑했다. 게다가 그 인원도 과거보다는 훨씬 많았다.

"녹풍대? 같잖은 것들이!"

황천룡이 전면에 배치된 녹풍대를 보며 가소롭다는 웃음을 터뜨렸다.

곧바로 돌진하려는 천마대를 잠시 진정시킨 후, 쩌렁쩌렁한 목소리로 외쳤다.

"전 녹림의 총순찰로서 경고한다. 녹림대제님의 후예께서 억울하게 강탈당한 권좌를 찾기 위해 오셨으니 당장 무기를 버리고 무릎을 꿇어라. 저항은 죽음뿐이다."

녹림대제의 후손이라는 말에 곳곳에서 술렁거림이 있었다. 그제야 황천룡의 얼굴을 알아본 자들 역시 눈에 띄게 동요했다.

황천룡의 외침에 포후의 안색이 확 변했다.

개천회의 지원을 등에 업고 반란에 성공을 했지만 전적으로 자신과 동조한 산채는 그렇게 많지 않았다. 다만 녹림십팔채에서도 큰 세력을 지닌 산채들이 지지를 했고, 또 녹림대제를 비롯한 그의 식솔들과 핵심 수뇌들이 모조리 목숨을 잃으면서 생각보다 손쉽게 녹림을 장악할 수 있었다.

하지만 녹림대제의 후예가 살아 있다면 상황은 심각해진다. 과거에 녹림대제에게 끝까지 우호적이었던 산채들이 여전히 많았고, 중립적인 산채들은 어떻게 나올지 예측할 수가 없었다.

"이미 망해 버린 나라를 되찾겠다는 것도 아니고 뭔 헛소리야? 그리고 고작 한다는 짓이 외부의 힘을 끌어들여? 녹림의 일에 어째서 패천마궁이 끼어든 것이냐?"

포후의 힐난에 황천룡이 어이가 없다는 듯 소리쳤다.

"그러는 네놈은? 개천회의 힘을 빌려 반란을 도모한 주제에 외부의 힘을 운운하다니 지나는 개가 웃겠다. 네놈으로 인해 녹림십팔채가 개천회의 주구로 전락했음을 천하가 알고 있다."

"다, 닥쳐랏!"

"왜? 찔리는 거라도 있는 모양이지. 하긴 다들 이해를 못 할 거야. 패천마궁의 움직임을 막기 위해 어째서 아무런 상관도 없는 녹림이 나서는지 말이야."

황천룡이 동요하는 각 산채의 수장들을 둘러보며 목소리를 높였다.

"똑바로 알아둬라. 네놈들은 그저 개천회의 도구로 쓰이고 있을 뿐이라는 걸."

"네놈의 헛소리를 더 이상 듣고 있을 수가 없구나. 뭣들 하느냐? 당장 공격해랏!"

포후의 외침에 녹풍대가 일제히 공격을 시작했다. 괴성을 지르며 달려드는 그들과 부딪치기 직전, 황천룡이 다시금 외쳤다.

"마지막 경고다. 오직 항복하는 자만이 살 수 있다."

말이 끝남과 동시에 자신에게 짓쳐 드는 녹풍대를 향해 맹렬히 검을 휘둘렀다. 번뜩이는 검의 움직임 아래 그를 공격했던 녹풍대원 셋의 머리가 허공으로 치솟았다.

풍월의 지도로 인해 과거와는 비교도 되지 않을 정도로 뛰어난 성취를 얻은 지금, 황천룡은 가히 최절정고수라 칭해도 부족함이 없었다.

녹풍대를 중심으로 포위망을 구축한 녹림도들이 파상 공세를 펼쳤다. 하지만 천마대는 아랑곳하지 않았다. 오히려 포위망을 헤집고 다니며 자신들의 몇 배가 넘는 녹림도들을 마음껏 농락하며 주살했다.

천마대와 부딪쳐 그나마 제대로 싸움을 하는 자들은 녹풍대의 고수들 일부와 본격적으로 싸움에 참여한 수뇌들뿐이었다.

평범한 녹림도들과는 달리 총단과 각 산채의 수뇌들이 본격적으로 싸움에 참여하기 시작하자 천마대의 기세도 살짝 꺾였다.

초반의 싸움이 일방적인 학살이었다면, 양측의 실력자들이 본격적으로 맞붙은 싸움은 이전과는 비교가 되지 않을 정도로 험하고 거칠었으며 치열했다.

더구나 지금의 싸움은 단순한 싸움이 아니다. 패천마궁이 끼어들기는 했으나 반란으로 권력을 잡은 자들과 이를 다시 찾기 위해 나선 싸움이라 할 수 있었다.

패하는 순간 모든 것이 끝장이다. 설사 항복을 한다고 해도 철저한 보복을 피할 수가 없을 터.

반란에 참여한 산채의 수장들은 가히 필사적으로 공격을 퍼부었다. 그와는 대조적으로 반란에 미온적으로 참여를 했거나, 이후 어쩔 수 없이 포후를 따라야 했던 자들은 싸움에 소극적이었다. 아예 무기를 거두고 후미로 물러난 자들도 있을 정도였다.

처절하다 할 정도로 치열한 싸움이었으나 힘의 우위가 드러난 것은 금방이었다.

녹풍대가 녹림의 최정예라고 해도 천마대의 상대는 아니다. 총단의 수뇌들과 각 산채의 수장들이라 해도 천마대의 고수들을 압도하지 못했다.

특히 대주 물선과 부대주 협생, 몇몇 고참들의 실력은 누구와 싸워도 밀리지 않았다. 여기에 그들마저 능가하는 유연청과 황천룡의 활약은 대단한 것이었다.

그럼에도 불구하고 워낙 숫자가 많은 터라 쉽사리 우위를 점할 수는 없었다.

유연청과 황천룡이 이끄는 천마대가 손쉽게 우위를 점한 이유는 간단했다. 본격적으로 싸움이 시작되자 조용히 적진으로 뛰어든 형웅과 풍월이 녹림십팔채의 주요 고수들을 모조리 박살 내버렸기 때문이다.

형웅이 녹림십팔채의 대장로를 비롯해 세 명의 장로와 두 명의 호법을 암살하는 사이, 풍월은 하루 전, 가장 먼저 패천마궁을 공격했던 용아채와 그들과 나란히 서 있던 적사채(赤蛇寨)를 통째로 날려 버렸다. 녹림십팔채에서 다섯 손가락 안에 드는 강력한 힘을 지닌 두 산채가 몰살당하는 데 걸린 시간은 그야말로 촌각에 불과했다.

수뇌부가 형웅에게 암살을 당하고 주요 산채들이 풍월에게 박살이 나면서 싸움의 주도권은 완전히 천마대에게 넘어가 버렸다.

"안 되겠습니다, 아버님. 피하셔야 할 것 같습니다."

포호가 망연자실한 표정을 짓고 있는 포후에게 달려와 소리쳤다.

"닥쳐랏! 가긴 어디를 간단 말이냐!"

포후가 불같이 화를 내며 소리쳤다.

"모두 정신 차려라! 물러날 곳은 어디에도 없다. 패배는 곧 죽음이다. 끝까지 싸워라!"

포후가 수하들을 독려하며 전장에 뛰어들었다.

개천회의 힘을 등에 짊어졌다고 해도 녹림대제 유록을 끌어내린 인물이다. 일신의 실력이 여타 산채의 수장 따위와는 질적으로 달랐다.

"크윽!"

물선의 입에서 짧은 신음이 흘러나왔다. 어이가 없다는 얼굴로 고개를 숙여 가슴의 상처를 살폈다. 조금만 깊게 파고들었어도 심장이 갈라질 뻔했다.

아예 끝장을 내겠다는 얼굴로 달려드는 포후, 이를 악문 물선이 혼신의 힘을 다해 막아보았지만 포후의 기세를 감당하기엔 역부족이었다.

"뒈져랏!"

완벽하게 승기를 잡은 포후가 비릿한 웃음과 함께 최후의 일격을 날리려 할 때, 그와 물선 사이로 뭔가가 날아들었다.

포후의 움직임이 갑자기 멈췄다. 힘없이 떨어져 그의 발아래까지 굴러온 물체는 다름 아닌 아들 포호의 머리였다.

"호, 호야!"

부릅뜬 눈으로 아들의 이름을 불렀지만 눈도 감지 못한 채 목이 잘린 포호의 입에선 대답이 없었다.

"괜찮아요?"

절체절명의 순간에서 물선을 구한 유연청이 조용히 물었다.

"괜찮습니다. 감사합니다."

물선이 인상을 쓰며 고개를 숙였다.

"물러나세요."

"하, 하지만……."

뭐라 말을 하려던 물선은 차갑게 가라앉은 유연청의 눈빛을 보곤 다시금 고개를 숙였다.

"그럼 부탁드리겠습니다."

유연청은 별다른 말없이 몸을 돌렸다.

부탁을 받고 자시고 할 것도 없었다. 애당초 이번 싸움은 자신과 포후의 싸움이었으니까.

"너, 이년!"

아들을 잃은 포후가 핏발 선 눈으로 노려보았다.

"아직 멀었어. 이제 시작이야."

유연청의 눈에서 지금껏 보여주지 않았던 무시무시한 살기
가 뿜어져 나왔다.

                    *   *   *

"꺼져."

감정이라곤 조금도 섞이지 않은 당령의 음성에 그녀와 밤을
지샌 남자는 멍한 표정을 지었다.

"꺼지라고."

음성에 살기가 담기자 비로소 흠칫 놀란 사내가 옷도 제대
로 입지 못한 채 겁에 질려 방을 뛰쳐나갔다.

사내가 사라지자 천천히 몸을 일으킨 당령이 나삼(羅衫)을
걸친 후, 중앙의 탁자로 걸음을 옮겼다. 따끈하게 데워진 차
를 따를 때 문밖에서 인기척이 느껴졌다.

"누구냐?"

"접니다, 가주."

카랑카랑한 음성에 차갑게 굳었던 당령의 안색이 살짝 펴
졌다.

"들어와요."

문이 열리고 오 척 단구의 왜소한 노인이 들어섰다.

"어째 심기가 불편해 보이십니다, 가주."

"괜찮아요. 아침부터 무슨 일이죠?"

"이번에 실험에 들어간 것들에 대해서 드릴 말씀이 있어서 왔습니다."

실험이란 말에 당령이 반색을 했다.

"성과는 어떤가요?"

"생각 이상입니다. 후유증이 있기는 해도 제대로 써먹을 수 있을 것 같습니다."

"어떤 후유증이 있다는 거죠?"

"약효가 끝나면 폐인이 되고 맙니다. 말 그대로 일회성이라는 것이지요."

"일회성이라면 실패잖아요."

당령이 몹시 실망한 표정으로 신경질적으로 반응했다.

"어차피 준비된 약은 많습니다. 또한 그 약을 복용할 놈들도 많고요. 설마 가주께선 독인의 수준을 원하시는 건지요?"

노인, 멸옥에서 풀려난 일곱 명의 호법 중 하나이자 독과 약물에 관해선 타의 추종을 불허하는 당독이 태연스레 물었다.

"그게 무리라는 건 나도 알아요."

"독인을 만들어내기 힘든 상황에서 이 정도 약효면 충분히 성과가 있는 것이라 생각됩니다."

당령의 얼굴에 언제 실망했냐는 듯 기대감이 비쳤다. 이미 자신이 건네준 만독마존의 비법으로 독인을 만들어내는 데 성공한 당독의 능력을 누구보다 잘 알고 있기 때문이었다.

"구체적으로 설명을 해봐요."

"약효의 지속 시간은 반 시진. 독인처럼 금강불괴 수준의 강인한 육체를 지니지는 못하지만 통증을 전혀 느끼지 못합니다. 사지가 절단이 난다고 해도 움직일 수 있다는 말이죠. 고통을 모르는 만큼 공격력은 당연히 강해질 수밖에 없습니다."

"애당초 정신이 제압당하는 것이니 상관없는 것 아닌가요?"

"제정신이 아니더라도 인체에 전해지는 고통까지 모르는 것은 아닙니다. 본능적으로 움직임이 움츠러들 수밖에 없지요. 하지만 절심단(絶心丹)을 복용하면 고통 자체를 느끼지 못합니다. 숨이 끊어지는 순간까지 명령을 수행하기 위해 몸을 던질 것입니다."

"그건 마음에 드는군요."

당령의 입가에 비로소 미소가 지어졌다.

"아, 참고로 절심단을 복용하는 자의 피에도 절독이 함유됩니다. 직접 접촉하는 것은 물론이고 호흡을 통해서도 중독시킬 수 있으니 그 또한 강력한 무기라고 보시면 됩니다."

"좋아요, 아주 좋아요."

흡족한 미소를 지은 당령이 당독에게 차를 따라주었다.

입김을 불어가며 차를 마시던 당독이 가만히 찻잔을 내려놓으며 말했다.

"한데 궁금한 것이 있습니다."

"말씀하세요."

"절심단은 충분합니다. 패천마궁을 공격하며 은밀히 얻은 포로들도 많습니다. 다만 그들에게 절심단을 복용시켜 싸움에 참여시켰을 때 외부의 시선은 어찌 감당하실지 궁금하군요. 내일이면 우리를 돕기 위해 남하한 서북무림의 지원군이 합류를 합니다. 그들이 절심단에 관해 알게 되면 결코 그냥 넘어가지 않으려 할 겁니다. 그자들의 관점에서야 인륜을 저버리는 일이니까요."

"패천마궁의 포로들을 이용하는 일인데도 그렇게 반응할까요?"

당령의 순진한 물음에 당독이 오히려 당황했다.

"당연합니다. 그자들이 추구하는 것은 오로지 명분, 또 명분이니까요. 패천마궁, 아니, 정확히는 풍월이란 놈이겠군요. 그와의 불편한 관계를 감수하면서도 이번에 본 가를 돕기로 결정한 것은 본 가가 그들을 도왔기 때문입니다. 관여하고 싶지 않은데, 돌아가고 싶은데 명분이 없지요. 한데 절심단은 그들에겐 아주 좋은 명분이 될 것입니다."

"패천마궁에서 그런 명분까지도 무시할 정도의 일을 저지른다면요?"

당령이 배시시 웃으며 물었다.

"그게 무슨……?"

당독의 눈가에 짙은 의혹이 깃들었다.

"얼마 전, 개천회의 공격으로 폐허가 되다시피 한 당가타가 다시금 공격을 받았어요."

"예? 어, 언제?"

금시초문이다. 당독이 깜짝 놀라며 되물었지만 당령은 그에 상관없이 말을 이어갔다.

"만독방의 잔당인지 아니면 패천마궁에 속한 놈들인지는 정확히 밝혀지지 않았지만, 놈들이 당가타에 사용한 무기는 만독방이 소유하고 있는 삼대금용암기 중 하나인 환희살. 그것도 무려 다섯 개나 사용했다는군요."

"……."

환희살이란 이름이 나오는 순간부터 당독은 침묵했다.

"아시죠? 하나만 터져도 사방 십 장 이내에 아무것도 살아남을 수 없다는 거. 그런 물건을 다섯 개나 사용했다니 얼마나 끔찍한 일이 벌어졌을지는 눈에 보듯 뻔하죠. 아, 하지만 너무 걱정은 하지 마세요. 세상에 알려지는 것보다는 그래도 피해가 훨씬 적을 테니까. 뭐, 대를 위한 소의 희생은 어쩔 수 없지만."

'뭐 이런 미친년이……'

당독의 표정이 기괴하게 변했다.

자신 또한 온갖 실험을 하느라 많은 사람들의 목숨을 빼앗았고, 그 바람에 멸옥에 갇히는 신세가 되었다. 하지만 핏줄마저도 거침없이 희생양으로 삼는 당령 앞에서 자신의 실험 따위는 애들 수준에 불과한 것이었다.

"어때요? 이 정도 명분이면 우리가 절심단을 사용한 것이 들킨다 해도 뭐라 할 사람이 없을 것 같지 않나요? 물론 최대한 조심해서 사용하기는 해야겠지만요."

"……."

당독은 여전히 아무런 말도 할 수가 없었다.

             *   *   *

포호가 사용하는 검법은 백이십 년 전, 와호채를 세우고 장강 일대를 주름잡았던 장강혈룡(長江血龍) 포유학의 혈룡검법(血龍劍法)이다.

녹림대제 유록의 수운검법(秀雲劍法)과 더불어 녹림이대 검법으로 추앙받는 혈룡검법은 수비보다는 공격에 치중하고, 막강한 내력을 바탕으로 하는 강맹함을 자랑했다. 부드러움과 변화에 장점을 보이는 수운검법과는 완전히 대척점에 서 있는 검법이라 할 수 있었다.

유연청은 극성에 이른 수운검법으로 노도처럼 들이치는 포후의 공격에 맞섰다. 비록 혈룡검법보다 속도 면이나 강맹함에서 다소 부족하기는 하나 부드럽고 유려하게 이어지는 검의 움직임으로 부족함을 상쇄시켰다.

계속해서 공격이 막히고 있음에도 포후는 아랑곳하지 않았다. 오히려 더욱 거센 힘으로 그녀를 압박했다.

한 번, 두 번, 세 번.

공격이 거듭되면서 그 힘이 중첩되고 증폭되었다.

꽈꽈꽈꽝!

격렬한 충돌음이 녹림의 총단을, 막부산 전체를 뒤흔들었다.

아름드리나무들이 힘없이 쓰러지고 빽빽하게 들어선 건물들 상당수에 금이 가기 시작했다. 몇몇 건물은 이미 무너져 내리기까지 했다.

일그러진 얼굴로 검을 치켜세우고 있는 유연청.

포후의 파상 공세에 당당히 맞서 모든 공격을 받아냈으나 상황이 좋지 않았다.

입에선 연신 붉은 피가 흘러내리고, 입고 있던 옷은 갈가

리 찢겨져 민망할 정도로 뽀얀 속살을 드러내고 있었다. 거칠
어진 호흡하며, 중심을 잡기 위해 애쓰는 두 다리가 안쓰러울
정도로 떨렸다.

"형님."

형응이 참지 못하고 풍월을 불렀다.

풍월은 대답하지 않았다.

답답함을 참지 못한 형응의 눈빛에 살기가 어렸다.

안타깝지만 포후의 실력은 유연청보다 한 수 위다. 유연청
이 풍월의 도움으로 엄청나게 실력이 늘었음에도 감당하지 못
할 정도로 포후의 무위는 대단했다.

지금껏 그런 포후의 공격을 버텨냈다는 것만으로도 유연청
은 찬사를 받아 마땅했다. 하지만 이제는 아니다. 유연청은
더 이상 포후의 공격을 막아낼 수 없었다. 비난을 받는 한이
있더라도 손을 써야 했다.

한데 풍월이 막 움직이려는 형응의 어깨를 눌렀다.

"형님!"

형응이 다급히 외쳤지만 풍월은 고개를 저을 뿐이었다.

완벽하게 승기를 잡았다고 판단한 포후가 상대의 숨통을
끊기 위해 움직였다.

한 번의 도약으로 단숨에 삼 장의 거리를 좁힌 포후의 검이
움직이고 혈룡검법 최강의 초식이라 할 수 있는 혈룡토주(血龍

吐珠)가 시전되었다.

이전의 공격과는 비교도 할 수 없는 위력이 짓쳐 들었지만 유연청은 피하지 않았다. 도망은 한 번으로 충분했다. 불구대천의 원수에게서 또다시 등을 돌리는 치욕은 용납할 수가 없었다.

유연청이 담담한 표정으로 검을 움직였다. 죽음에 대한 두려움, 공포는 보이지 않았다.

'이년, 끝장이다!'

승리를 자신하는 포후의 입가에 비릿한 미소가 흘렀다.

풍월의 실력을 감안했을 때 살아날 가능성은 없었다. 하지만 녹림대제의 핏줄이자 풍월이 아끼는 계집의 숨통을 끊을 수 있다면, 그것으로 충분했다. 비록 자신의 신세가 기르는 개의 역할에 불과하지만 개천회는 자신의 노고를 결코 외면하지 않을 것이란 믿음이 있었다.

바로 그때였다.

알 수 없는 어떤 힘이 자신에게 짓쳐 오는 것이 느껴졌다. 그 정체를 알 수는 없었다. 본능적으로 위기를 느꼈지만 공격을 멈추기엔 이미 늦었다.

포후의 혈룡토주와 이에 맞서는 유연청의 반격이 거칠게 충돌했다.

"아악!"

"크헉!"

양쪽에서 들려오는 단말마의 비명.

끊어진 연처럼 날아간 유연청이 바닥에 처박히기 전, 풍월이 그녀를 안아 들었다.

삼 장 가까이 날아간 유연청과는 달리 뒷걸음질 치는 포후의 상태는 그녀보다 분명 나아 보였다. 하나 그건 겉모습만 그렇게 보일 뿐이었다.

중심을 잡지 못하고 비틀거리는 포후의 몸은 어찌 손도 써보지 못할 정도로 최악이었다.

기경팔맥이 뒤틀리고 전신의 세맥이 모조리 끊어져 버렸다. 자리를 이탈한 오장육부는 한데 뒤엉켜 버렸다.

비틀거리던 포후가 결국 힘없이 주저앉고 말았다. 손에 든 검에 의지해 어떻게든 버텨보려 했으나 검을 땅에 내리꽂는 순간 검마저 산산조각 나버렸다.

"쿨럭!"

포후가 검붉은 핏덩이를 토해냈다. 핏덩이 속에 잘게 잘린 내장 조각이 섞여 있었다.

한참이나 핏덩이를 토해내던 포후가 고개를 들었다.

분노로 가득한 눈빛은 어느새 정신을 차리고 자신에게 다가오는 유연청이 아니라 그녀의 뒤편에 있는 풍월에게 향해 있었다.

억울했다. 실력이 부족해서 졌다면 납득할 수 있다. 하지만 비겁한 암수에 당해 쓰러지는 것은 정말 용납할 수가 없었다.

"비겁……."

모두에게 풍월이 저지른 만행에 대해 외치려 했으나 입이 열리지 않았다. 방금 전에 자신을 엄습했던 기운이 다시 찾아왔음을 느낀 포후의 눈이 부릅떠 졌다. 그것이 그의 마지막이었다.

포후에게 다가간 유연청의 검이 일말의 미련도 없이 포후의 머리를 날려 버렸다.

허공으로 치솟은 포후의 머리가 땅에 떨어졌을 때 천마대가 일제히 함성을 내지르며 유연청의 승리를 축하했다. 함성은 중립을 지키던 산채들로 조금씩 전염이 되어갔고, 마지막까지 저항하던 이들은 미련 없이 무기를 버렸다.

"끝났네."

유연청의 곁으로 다가온 풍월이 환한 미소를 지으며 말했다.

"그래요. 하지만 마음이 편치는 않아요."

유연청의 표정은 그리 밝지 않았다.

"왜?"

천연덕스러운 풍월의 반문에 유연청이 눈을 흘겼다.

"내가 모를 줄 알아요?"

"뭐가?"

"오라버니였잖아요."

"무슨 소리를 하는 줄 모르겠네."

"포후의 마지막 공격은 내가 막을 수 있는 것이 아니었어요. 그런데 폭풍처럼 밀려들던 힘이 거짓말처럼 사라졌죠. 날카로움도, 파괴적인 힘도 없는 평범함 그 자체. 그때 포후가 짓던 표정은 영원히 잊을 수가 없을 것 같아요."

유연청이 씁쓸히 말했다.

"착각은 자유겠지만 난 아무런 짓도 하지 않았어. 할 이유도 없었고. 사실 겉으론 멀쩡해 보였는지 모르지만 저자의 마지막 공격은 상당히 무리였어. 이미 한참 전부터 한계가 보였어. 그걸 억지로 참고 공격을 이어갔으니 저 꼴을 당한거지."

"거짓말!"

"못 믿겠으면 이 녀석에게 물어봐. 난 꼼짝도 하지 않고 있었다니까."

풍월이 형웅을 끌어들였다. 유연청이 날카로운 눈빛으로 바라보며 물었다.

"오라버니 말이 정말이야?"

형웅은 찰나의 주저함도 없이 고개를 끄덕였다.

"예, 저자가 무리한 것이 맞습니다. 자멸할 것이 뻔하니 움직이지 않은 것이지요. 하지만 형님이 말리지 않으셨다면 제가 싸움에 끼어들었을 겁니다. 놈이 무리를 했다는 건 형님이 말리신 다음에 눈치챘으니까요."

형웅의 말에 혹여 어떤 거짓이 있는 것은 아닌지 한참이나 살피던 유연청은 무심 그 자체의 표정에서 아무런 것도 읽어낼 수가 없었다.

"후! 믿을 수 없지만 증거가 없으니……."

유연청이 여전히 미심쩍은 표정을 버리지 않았다.

"자, 쓸데없는 의심은 하지 말고 가자고. 되찾은 집을 둘러봐야지."

풍월이 억울한 표정을 지으며 그녀를 잡아끌었다.

싸움에 참여하지 않고 후미에서 휴식을 취하던 밀은단이 어느새 호위하듯 따라붙었다.

본채로 향하는 풍월이 힐끗 고개를 돌리더니 형웅에게 의미심장한 웃음을 지어 보였다. 그 웃음에 형웅은 싸움에 개입하려던 순간, 풍월이 보낸 전음을 떠올렸다

'그녀의 힘으로 녹림을 되찾아야 해. 우리의 개입 없이 오롯이 그녀의 힘으로만.'

충분히 이해할 수 있는 말이었다. 다만 궁금한 것이 있었다.

"그런데 대체 어떤 방법을 쓴 거지?"

형웅이 고개를 절레절레 내저었다. 아무리 생각해 봐도 어떻게 손을 썼는지 알 수가 없었기 때문이다.

『검선마도』 16권에 계속…

초대형 24시 만화방

신간 100%, 샤워실, 흡연실, 수면실(침대석), 커플석, 세탁기 완비

▪ 광명 광명사거리역점 ▪

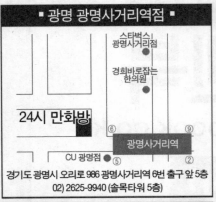

경기도 광명시 오리로 986 광명사거리역 6번 출구 앞 5층
02) 2625-9940 (솔목타워 5층)

▪ 강북 노원역점 ▪

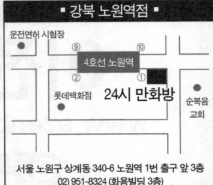

서울 노원구 상계동 340-6 노원역 1번 출구 앞 3층
02) 951-8324 (화용빌딩 3층)

▪ 일산 정발산역점 ▪

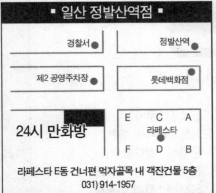

라페스타 E동 건너편 먹자골목 내 객잔건물 5층
031) 914-1957

▪ 일산 화정역점 ▪

경기도 고양시 덕양구 화정동 984번지 서일빌딩 7층
031) 979-4874 (서일사우나 건물 7층)

▪ 부천 역곡역점 ▪

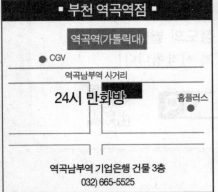

역곡남부역 기업은행 건물 3층
032) 665-5525

▪ 부평역점 ▪

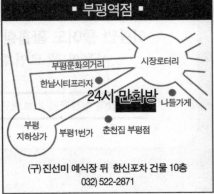

(구)진선미 예식장 뒤 한신포차 건물 10층
032) 522-2871

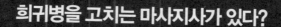

MODERN FANTASTIC STORY

강준현 현대 판타지 소설

주무르면 다고침!

희귀병을 고치는 마사지사가 있다?

트라우마를 겪은 후 내리막길을 걸어온 한두삼.
그는 모든 걸 포기하고 고향으로 향하게 된다.
그리고 그곳에서 특별한 능력을 얻게 되는데……

"도대체 나한테 무슨 일이 생긴 거지?"

한두삼,
신비한 능력으로 인생이 뒤바뀌다!

Book Publishing CHUNGEORAM

유행이 아닌 자유추구 -
WWW.chungeoram.com

실명 무사

김문형 新무협 판타지 소설

FANTASTIC ORIENTAL HEROES

**망자가 우글거리는 지하 감옥에서
깨어난 백면서생 무명(無名).**

그런데, 자신의 이름과 과거가 기억나지 않는다?
잃어버린 기억을 되찾기 위해 망자 멸절 계획의 일원이 되는 무명.

**망자 무리는 죽음의 기운을 풍기며
점차 중원을 잠식해 들어가는데⋯⋯!**

"나는 황궁에 남아서 내가 누구인지 알아낼 것이오."

**중원 천하를 지키기 위한
무명의 싸움이 드디어 시작된다!**

Book Publishing CHUNGEORAM

유행이 아닌 자유추구 -
WWW.chungeoram.com

너의 옷이 보여

킹묵 현대 판타지 소설
MODERN FANTASTIC STORY

꿈을 안고 입학한 디자인 스쿨에서
낙제의 전설을 쓴 우진.
실망한 채 고국으로 돌아오기 직전 교통사고를 당하고,
아무것도 보이지 않던 왼쪽 눈에
무언가가 보이기 시작한다.

그것도 어딘가 이상하게.

오직 그 사람만을 위한 세상에 단 한 벌뿐인 옷.
옷이 아닌 인생을 디자인하라!

디자이너 우진, 패션계에 한 획을 긋다!